MAVİ KUŞ

Mustafa Kutlu

Dergâh Yayınları: 247
Sertifika No: 14420
Türk Edebiyatı - Hikâye: 23
Mustafa Kutlu Dizisi: 16
ISBN: 978-975-995-310-2
1. Baskı: Eylül 2002
29. Baskı: Mart 2017

Dizi Kapak Tasarımı: Mustafa Kutlu
Kapak Uygulama: Ercan Patlak
Sayfa Düzeni: E. Gökçe Aksoy

Basım Yeri: Ana Basın Yayın Gıda İnş. Tic. A.Ş.
B.O.S.B. Mermerciler Sanayi Sitesi 10. Cad. No: 15
Beylikdüzü / İstanbul
Tel: [212] 422 79 29
Matbaa Sertifika No: 20699

Kapak Basım Yeri: Hanlar Matbaacılık San. ve Tic. Ltd. Şti.
Tel: [212] 324 08 82

Cilt: Güven Mücellit & Matbaacılık San. ve Tic. Ltd. Şti.
Tel: [212] 445 00 04

Dağıtım ve Satış: Ana Yayın Dağıtım
Molla Fenari Sokak Yıldız Han No: 28 Giriş Kat
Tel: [212] 526 99 41 (3 hat) Faks: [212] 519 04 21
Cağaloğlu / İstanbul

Mustafa Kutlu

MAVİ KUŞ

DERGÂH YAYINLARI
Klodfarer Cad. Altan İş Merkezi No: 3/20 34122 Sultanahmet / İstanbul
Tel: [212] 518 95 79-80 Fax: [212] 518 95 81
www.dergahyayinlari.com / bilgi@dergahyayinlari.com

Sıcaktan dili dışarı düşmüş bir köpek sarsak, ağır ve bezgin adımlarla meydanı bir baştan ötekine geçip köşedeki kasabın önünde durur.
Oracıkta dikilen kıdemli sokak kedileri kendilerine benzeyen bu yaşlı köpeği umursamaz.
Kasap dükkânının gölgeli kapısında naylon şeritlerden, rengârenk boncuklardan oluşmuş bir sineklik asılıdır.

Sineklik kıpırdamaz.
Havada en ufak bir esinti yoktur.

Öğle sıcağı kasabanın üzerine abanmıştır.
Öyle ki, sanırsınız gökten kıvılcım yağıyor.
Binalar, ağaçlar, insanlar ve açıktaki bilumum eşya bir ışık selinde yıkanmaktan bîtap düşüp yerlere serilmiştir.
Kaburgaları açlıktan birbirine geçmiş yaşlı köpek, kasabın kapısına mahmur bakışlarla bir göz attıktan sonra, yine öyle yalpalayarak köşeyi kıvrılır, top akasyanın gölgesine yatar.
Az sonra camlarında sinek pisliklerinden desenler

oluşmuş bu kasap dükkânından bir keman sesi yükselecektir.
Ya!.. Keman sesi işte.

Bozkırda unutulmuş bu kasabanın, şişman kıllı kasabı keman çalmaktadır. O gün sabahın köründe mezbahadan gelen birkaç gövde eti satıp bitirmiş, satırı bıçağı yerli yerine koymuş, elini yüzünü az-çok yıkamış, ahşap iskemlesine çöküp kemanını çenesine dayamıştır.
Şimdi biz bu kasap kimdir, nedir; keman çalmayı nereden öğrenmiştir, çalarken öğle üstü demeyip iki duble de rakı içmekte midir, derdi nedir, diye anlatmaya kalkarsak işi uzatırız.

Kasabı geçelim.

Kasabın yanında Göncü İzzettin Efendi.
Kapısı kepengi gördüğünüz gibi kapalı.
Kendisi Rahmet-i Rahman'a kavuşalı seneler oluyor. Oğlu-uşağı memleketi çoktan terk etti. Bu dükkân da işte yağmurun-yaşın altında çürüyor.
Eee... Sahipsiz malın sonu budur.

Onun yanında Tütüncü Zekeriyya. Pazardan pazara açar dükkânı. Pazar dedikse, kasabanın salı günleri kurulan pazarı. Zekeriyya Efendi tekel bayii olduğu için reji tütününü, paketli cıgaraları toptan bakkala-çakkala dağıtır, tası tarağı toplayıp marsuvan eşeğine atladığı gibi alelacele köye döner. Yaşlı aksi bir ihtiyar; zaten çoluk çocuğu da yok, bir Köroğlu bir Ayvaz. O kadarcık alışverişten kazandığı yetip de artıyor bile.

Daha sonra Yemci Yusuf geliyor. Herif eskiden sade hayvan yemi satardı. Lakabı oradan kalma. Yaramazın tekidir. Sonra sonra yükü tuttu. Unculuk, kuru gıda, ne bulursa alır-satar.
Geldik meydana açılan Karcı Tahsin Sokağı'nın başına. Zaten kasabanın sokakları umumiyetle meydana açılır. Çay taşı ile kaplı meydanda ise pazar kurulur, kavga edilir, düğün-dernek olur; gecenin bir vaktinde meyhaneden çıkan kendini bilmez bir sarhoş efeliğe özenip meydanın ortasına kadar gelerek beyaz mendilini yere serer, çömelip sağ dizini mendile dayar, olanca gücüyle bir nara patlatır:

— Oooof, of. Kan kokmaktayım, kan.

Kahvede, lokantada, berberde geç kalmış bir iki müşteri suratını buruşturup densizin kim olduğunu bildiklerinden:
— Hıh... Bok kokuyorsun be...
Diye omuz silkerler.

Böyledir. Bu küçük kasabalarda herkes birbirini sesinden bile tanır. Hele bazıları, misal: Fotoğrafçı Sarhoş Selahattin, Tapucu Rıza, Arzuhalci Kemal

Efendi kasabanın otuz bir pare köyünü beşikteki çocuğuna kadar tanır yani.

Bütün dükkânları saymayalım, adını verip geçelim. Zaten gayemiz ey sevgili okur, nasıl bir macera nakledeceğimizi anlatmadan önce nerede durduğumuzu, hangi insanlarla muhatap olduğumuzu göstermektir. Böylece kitabın hissiyatına ortak olursunuz belki.
Evet, Karcı Tahsin Sokağı'nın köşesine gelmiştik. Buradaki büyük dükkân Manifaturacı Hacı Hâdi Efendi ve mahdumlarına ait. Kırmızı boyalı ahşap oval tabela üzerindeki beyaz hurufat buna şahitlik ediyor. Hacı Hâdi Efendi beyaz sakalı, nuranî çehresiyle hâlâ divitin pazen, Nazilli basması, kaput bezi, keten, patiska, naftalin, cenaze levazımatı, en çok da temizlik sırasında tahta zemine dökülen yanmış yağ ile talaş tozu kokuları arasında, burnunun kemerine düşen yuvarlak tel gözlüklerini iki de bir geriye ata ata Hamzanâme, Müzekki'n-Nüfus, Yunus Emre divanı okur. Yüksek tahsil yapan çocukları büyük şehirlere yerleşmiştir. Kendisi tarikat neşvesiyle bazen coşup dükkândan dışarı fırlar, önüne gelenin yakasına yapışarak yüksek sesle:

Hak bir gönül verdi bana
Ha demeden hayran olur

gibi ilahiler okuyup, muhatabına: "Herif delirmiş,

nerdeyse beni boğayazdı" dedirterek iki metre havaya sıçratır.
Hacı Hâdi deyip geçmeyin; bir de güzel sesi vardır ki. Kasabalı: "Siz onu gençliğinde görmeliydiniz; saza-söze tövbe edip elini işretten kesmeden önce ne yürekler yakmıştır" diye anlatır.

Manifaturacının yanında Bezzaz Selim, onun yanında da Attar Kâmil Efendi'nin dükkânı sıralanıyor.
Bu insanların da elbet kendilerine mahsus hususiyetleri var. Hani ne denilmiş: "Harâbat ehline hor bakma şâkir, defineye malik virâneler var."
Ama biz kasaba ahalisinin sicill-i ahvâlini çıkarmakta değiliz. Bir miktar tasvir ile meşgulüz. Malum, tasvir de edebiyatın bir cüz'ünü teşkil eder.

Derken çifte çınarlar ile gölgesinde serinleyen tahta minareli camiye geliverdik.
Cami ülkemizde örnekleri artık iyicene azalmış ahşap direkli, ahşap işçiliğinin zarif unsurlarını gösteren şirin ve tarihî bir yapı. Mihrabını minberini anlatmak uzun sürer. Lakin biz yine de kuş kafesini andıran, yer yer yosun tutmuş eski oluklu kiremitle kaplı çatıdan az-biraz yüksekçe duran minareyi zikretmeliyiz.
Bir de çatının tam tepesine kurulmuş, her bahar yenilenen leylek yuvasını.
Bu hacı leylek kasaba ahalisinden sayılır; mevsimi

geldiğinde yolu beklenir, kazara gecikecek olsa, "yahu nerde kaldı bizim hacı" diye endişe edilir.

Çifte çınarlar kim bilir kaç yüz yaşındadır. Kök salıp büyüdükleri yer bir pınarbaşı. O sebeple serpilip gelişmiş, dallarıyla camiyi, çeşmeyi, çardaklı kahveyi örtmüşlerdir. Ağacı kıt yerlerin her ulu ağacı gibi bunların da bir masalı var. Kısaca nakledeyim:

Zamanın birinde bu civardan bir düğün alayı geçmektedir. İki kardeş aynı günde gelin oluyor, yani bir nevi çifte düğün. Hani hikâyenin sonu gözyaşına bulanır ya; o hesap; kervanı haramiler basıyor. Kavga dövüş, uzatmayalım, haramiler düğüncüleri tepeliyor. Çifte gelin bakıyorlar ki eşkıyanın eline geçecekler. Namusu kirletmekten ise bundan geri bize yaşamak haramdır deyip, yüzüklerinde bulunan zehri içerek oracıkta teslim-i ruh ediyorlar. Malum, böyle masallarda en az bir adet zehirli yüzük bulunması âdettendir.

Gelinleri teli-duvağı ile bu pınarın başına defnediyorlar. Çınarlar o devirden kalma. Gel zaman git zaman fidanlıktan çıkıp bayağı ağaç olan bu çınarlara çul-çaput bağlamaya çabalayan saçı uzun aklı kıt kadınlar yüzünden neredeyse Çifte Gelinler Türbesi olacak iken, Osmanlı'nın feraseti, celadeti yerinde bir müftüsü "Zinhar bağlamayasuz. Bâtıldır ve de dinde yeri yoktur. Yanılıp da bağlayanı tutar isem gideceği yer kanlı kütüktür" diye sıkı

tembihatta bulunduğundan ağaçlar âdemoğlunun nisa taifesinden yakayı zor sıyırıyor.
Ancak kitabesi artık okunmaz hale gelmiş olsa da, meydanın çeşmesi işte bu pınarın suyunu akıtmaya devam etmektedir.
Çatalçeşme biçiminde kesmetaştan yapılmış ki, iki cephesinde dört lüle, dördünden de kol gibi, buz gibi sular çağlar.
Çeşme yalağında toplanan sular dipten tuğla künklerle meydanı geçip, suyu kasabanın aşağılarda sıralanan bahçelerine ulaştırır.
Gözünü sevdiğim su.
İnsanoğlunun ve de âlemin özü.
Bu su burada olmasa idi, hiç kimse gelip de buracıkta vatan tutar mı idi?

Çeşmenin yanı Çardaklı Kahve. Hem camiye yakın, hem suya. Üstelik çınar dallarının gölgesinde. Bu da yetmezmiş gibi, kahve sahibinin dedesi camekân önüne iki asma dikmiş; asmayı geniş bir çardağa almışlar, altına beş-altı masa atmışlar.
Oooh, otur suyun sesini dinle.
İster nargileni fokurdat, ister lafın belini kır, ezanı bekle. Kasabanın, ehlikeyfin, sohbet yâranının, ayaklı gazetelerin mekânı. Her havadis önce burada duyulur, sonra buradan yayılır. Hani halkın nabzını tutmak diyorlar ya; böyle bir niyeti olan gelsin otursun. Sağa sola kulak kabartsa, peş peşe iki çay içecek olsa, o kadarcık zaman içinde memleket ahvalinin nice olduğunu anlayıverir.

Tabii vatandaşın dilinden, kaşının gözünün işaretinden, oturuşundan, ses tonundan, övgüsünden-yergisinden, küfürün şiddet derecesinden, hangi lafın ne diye, kim için, nereye, nasıl sarfedildiğinden, kahkahanın çıngırağından, sekiz köşeli kasketi yana yıkıp kafayı kaşımanın ne mânaya geldiğini ifade eden o halka mahsus sözlü kültür alfabesini sökebiliyorsa.

Kahvenin bitişiği berber.
Babadan oğula devredilegeldiği için acaba kaç nesil bu dükkândan ekmek yedi belli değil.
Yine de Yavuz zırhlısının, Pehlivan Adalı Halil ile Kara Ahmed'in fotoğraflarından, eski harflerle eski bir çerçevede unutulmuş berber dükkânlarına mahsus, artık iyicene antika olmuş şu iki levhadan:

Efendim âfiyet olsun tırâşın
Gitsin tûyun selâmet bulsun bâşın

Beş kuruşa bir tıraş
Lahana gibi baş.

ve daha burada saymayı lüzumsuz bulduğumuz bir sürü şeyden epeyce eski olduğunu çıkarabiliriz. Berberlerin türlü türlü huyları, alışkanlıkları, tutkuları olur, bilirsiniz. Bu devrin son berberi horoz dövüştürür ve inanmayacaksınız çiçek de yetiştirir.

Berberin yanı fırın.
Onun yanı Ceneviz Sokak.
Şaşırmayın, kasabanın eteğine yaslanıp kurulduğunu, kurulup düz ovayı göz yaylımına aldığı tepenin başında bir Seyran Baba yatırı var, bir de Ceneviz'den kaldığı söylenen kale kalıntısı. Bu kalede ara sıra çanak çömlek bulunduğu, Ceneviz'den kalan paralara raslandığı söylenir.

Ceneviz Sokağı'nın öbür köşesinde Ziraat Bankası. Cumhuriyetten sonra başta Ankara olmak üzere yurdun dört bir köşesine yapılmış Alman üslubunda kunt bir bina. Kesme taştan inşa edilmiş, mütehakkim, ser verip sır vermez, az ve küçük pencereli.

Kapısı...
Elbette kapısı bir resmî dairenin devletten ve paradan aldığı gücü sergileyen soğuk ve korkutucu ihtişam içinde. Sıkıysa çarığını çıkarmadan gir bakalım.
Bu bankaya girerken çarığını çıkaranların hikâyesi boldur.
Bankanın yanı Massey-Ferguson traktörlerinin acentası, henüz yeni, daha bir tek makine satamadı.
Acentanın bitişiğinde Aynalı Lokanta.
Kasabanın medar-ı iftiharı.

Bu iftihara vesile olan lokantanın yemekleri değil. Yemekler işte bildiğiniz orta malı şeyler. Ciğer yahni, kuru fasulye, pilav, kayısı hoşafı, ara sıra kızartma, lokma tatlısı vesaire.

İftihar edilen şey duvarlardan birini yarı yarıya kaplayan, oymalı ahşap çerçevesiyle görenlere "Hayret yahu bu saray işi ayna bu dağın başına nereden düşmüş" dedirtecek kertede muazzam bir ayna.

Kasabaya inen köylüler sırtını meydana bakan cama verip yüzlerini aynaya doğru dönerek yemeğe oturduklarında, sanki büyülü bir manzarayla karşılaşırlar. Ayna kasaba meydanının neredeyse tamamını içine alır; oradan kim geçiyor, ne oluyor tek tek gösterir. Bu ne demektir; şu demektir: Onlar seni görmüyor, görseler de arkası dönük olduğu için zararı yok derler; ama sen onları görüyorsun. Ayıptır söylemesi, röntgencilik gibi bir şey.

Aslında yemek yiyenler meydana doğru bakan bir masada otursalar, ne olup bittiğini çıplak gözle temaşa etseler bir şey fark etmeyecek; ama insanoğlu nedense bunu alelâde bulur, omuz silker. Aynadaki akis bambaşka gelir sanki.

Hani çorbaya kaşığı daldırıyorsun, ağzına doğru kaldırıyorsun, karşıdaki hayalin de seninle birlikte aynı hareketleri yapıyor.

İnsanın kendine bakması önemli.

Hani ayna olmasa bu mümkün değil ya.

İşte büyü burada.
Aynada insan kendini tanıyor. Burnunun üzerindeki et benini, benin üzerindeki ağarmış birkaç kılı görüyor, "Ulan yaşlanmışız be!" diyerek meyus oluyor. Veya kasketi yana yıkıp bıyıkları burarak ve de "kimseler görmesin ula" diye işkillenip sağa sola bakınıp azıcık sırıtarak ağzındaki altın dişin parıltısına rastlayınca "Daha çökmedik efendi" diye şişiniyor.
Bunların her ikisi de zahir erbabına yakışır. Aslolan ayna camının ardına sürülen sırda. O sır olmasa kendimizi adi bir cam karşısında bulacağız ve hiçbir şey göremeyeceğiz.

Sır bize bir kapı aralıyor.
İşte diyor, sen busun.

Ama insan sadece kaştan, gözden, gövdeden mi ibaret? Ayna dediğin, taşı toprağı, evi sokağı da gösteriyor. Mühim olan bu vücudun içini görebilmek. Kalbin aynasında ne var, ona ulaşabilmek.

Ne demişler; "Kendini bilen, Rabbini bilir."

Aynalı Lokanta'nın aynasına dalıp bir iki dakika dünyası değişen fukara köylülere ilm-i bâtın dersi vermek değil muradımız. Muradımız o ki; Aynalı Lokanta tüm kasabanın ve civar köylerin "Yahu bi yol varsak da bi tas çorba içsek" diye heveslendikleri bir mekândır.

Hele bir de bunlar içinde gece yarısından sonra damlayan ayyaş takımı varsa. O zaman kafayı bulup aynadaki hayali ile konuşup-çekişenlerin sayısı artar.
Tâ ki kollarından tutulup "Kapatıyoruz efendi" diye kapı önüne bırakılana kadar.

Lokantanın yanında en az onun kadar meşhur, kasabanın en görkemli binası, üç katlı Sefa Otel ve Kıraathanesi yükseliyor.
Sahibi Samanoğulları diye anılan bir aileden Beysefa Efendi. Vaktiyle geniş arazileri, değirmenleri, şimdi artık kullanılmayan bir hanları varmış. Beysefa Efendi kasabada uzun süre Belediye Başkanlığı, parti başkanlığı yapmış. Kısası devletin buradaki eli gibi bir şey.
Kendi ölmüş, adı kalmış yadigâr. Şimdi oteli oğulları işletiyor.
Sefa Otel ve Kıraathanesi bir nevi memurlar kulübü gibi. Bekâr memurların çoğu orada kalır. Ara sıra kasabaya uğrayan bürokratlar, siyasîler orada ağırlanır. Çardaklı kahvede prafa, altı kol iskambil gibi köylü oyunları oynanırken, Sefa'nın yeşil çuha kaplı masalarında briç oynayana bile raslanır.
Yine de böyle yağlayıp yüzlediğimize bakmayın. O yeşil çuhaların üzeri sigara yanıklarıyla süslüdür. Otel odalarında banyo yoktur, müşteriler kasabanın hamamına giderler. Yemekler haliyle Aynalı Lokanta'dan gelir. Karyolaların somyaları

çökmüş, yayların arası tahta kurusu yuvası olmuştur. Gece yarısı biri tahta merdivenlerden üst kata çıkacak olsa, gıcırtıdan deprem oluyor sanırsınız.

Döne döne geldik Kumrulu Mescit Sokağı'na. Mescit az ileride. Onun yanında bir semerci, onun da yanında haliyle bir nalbant var. Daireyi tamamlayıp, keman çalan kasaba kadar sayalım isterseniz. Yorgancı Hafız Yaşar, Kuyumcu Nazım Efendi ve ortağı, Arzuhalci Kemal Efendi, Fotoğrafçı Sarhoş Selahattin, bir bakkal daha, meydana açılan bir sokak daha, sokak içinde Demirci Dello.

Ne kadar da gevezelik çukuruna düşmeden şu kasaba meydanını çepeçevre kuşatan binaları, dükkânları, insanları sayalım-söyleyelim dediysek de lafı uzattık.

"Uzat arkadaş, sen bu mekânda bir serüven, bir facia, tadından yenmez bir macera anlatacak değil misin, o zaman iyicene döktür, lafın belini kır, biz burda oturmuş kuzu kuzu dinliyoruz" derseniz, bu olmaz işte.

Yahu ben meddah mıyım? Ara sıra omzumdaki havlu ile alnımın terini silip "Ey yârenler, nerde kalmıştık bakalım" diye mevzuyu çekip uzattıktan, tadını kaçırdıktan sonra toparlamaya çalışacak.

Hayır, hayır!..

Bu, hikâye ile roman arasında bir kitap.

Kayda-kuyda bağlı. Girişi-gelişmesi-sonucu var. Altyapısı-üstyapısı, çatısı, bacası var. Göstereni, gösterileni, imi, timi var.
Bizi böyle Erzurum Mahallebaşı'nda halk hikâyesi anlatan rahmetli Behçet Emi'ye benzetip de arpayla samanı karıştırmayın.
Hem anlatacağımız mesele, evet gerçi bu kasabada, bu meydanda başlıyor ama göreceksiniz ki, bir süre sonra buradan çıkıp gideceğiz. Hadi bakalım, kendinize gelin ve kitabı incitmeden sayfayı çevirin.

Otobüs meydanın ortasında duruyordu.
Oracıktan kim geçecek olursa olsun, şöyle bir bakıverse, "Bu hurdayı kim buraya atıp gitmiş acaba" diye söylenirdi.

Otobüs o kadar eski, bakımsız ve perişandı. Yıllardır aldığı darbeler ile bütün gövdesi yamru yumru olmuştu. Değişen parçaları yüzünden ne marka bir araba olduğu bile anlaşılmıyordu. Kimi Doç, kimi Desoto diyordu. Baştan ayağa gök mavisine boyanmış, zamanla boyanın rengi atmış, yer yer dökülmüş, her yanında paslı haritalar oluşmuştu. Şoför mahalline açılan kapının üzerinde martı mı, kartal mı, güvercin mi, ne olduğu anlaşılmayan kanatlarını açmış süzülen, beyaz boya ile yapılmış bir kuş resmi yer alıyor; kuşun hemen altında yine beyaz boya ile yazılmış "Mavi Kuş" yazısı okunuyordu.

Şimdi burada bir terslik olduğu görülüyor.
Kuş beyaz, lakin altına "Mavi Kuş" yazılmış.
Eee, nedir bu?
Evet, bu soruyla en çok otobüsün sahibi Deli

Kenan karşılaşmış, muhatabına gülümseyerek
— Efendi, kuştan murat otobüstür. Bak, rengi mavi değil mi?
Diye izahata girişmiştir.
Arabanın camlarının çoğu çatlaktır ama kırığı yoktur. Uzun bir burnu, burnun altında Kenan'la yıllar yılı pataküte kavga eden bir motoru vardır. Ön camın üzerindeki alınlıkta yine beyaz boya ve büyük harflerle şu cümle yazılıdır.
"Issız dağların garip yolcusu".

Motor kapağının en ucunda, burnun üzerinde pırıl pırıl parlayan, boynuzları kıvrık, sert bakışlı, adalelerini gerip hasmına atılacak pozda duran bir dağ keçisi heykelciği bulunmaktadır.
Kenan'ın otobüs kadar sevdiği bu heykelcik her zaman temiz ve ışıltılıdır. Kenan onu birkaç kez okşayıp silmeden sefere çıkmaz.

İşte eskinin otobüslerinden bir numune.
Kim bilir nerelerden düşmüş buraya; nerede ıskartaya çıkarılmış da Kenan'ın gözüne batmış? "Ulan ben bunu adam ederim" deyip almış.
Bagaj kısmı çatıda.
Arkadan yukarıya monte edilen bir metal merdivenle üzerine çıkılıyor. Öyle güçlü bir yapısı var ki; bu çatıya bir kamyon yükü bavul, çuval, yatak, sepet sararlar da bana mısın demez.
Hatta bazen yolcunun fazlası da bu yükün üzerine yerleşir. Araba o devrin tozlu-topraklı yollarında böyle salkım saçak gider.

Motorun altına uzanan gövdenin ayakları ön lastiğin yanından dışarı taşmış.

Ayaklar çıplak, çorapsız, lakin bir çift iri postal taşıyor.

Şoför Deli Kenan yaz-kış bu postalları giyer. O yıllarda Anadolu'da iki tür postal vardır; ki ikisi de dışarıdan gelmiş, askeriyeye verilmiş, oradan şu veya bu yol ile bir miktar sivile intikal etmiştir. Postallardan buruşuk derili, burnu sivri, altı yufka; postal olmasına rağmen kibarlığı elden bırakmayanına Çörçil; burnu yuvarlak, derisi sağlam, altı bir karış kara-kauçuk, taşa vursan geri gelmez, baba-oğul-torun giyse eskimez olanına Ruzvelt derlerdi.

Kenan'ınki Ruzvelt.

O devirde bir çift Ruzvelt postala sahip olmak, Zippo çakmak taşımak kadar forslu bir şeydi.

Muavin Seyfi sırtını ön tekere vermiş, altları nasırdan köseleye dönmüş çıplak ayaklarının birini uzatmış, ötekini büküp karnına doğru çekmiş, avurtlarını şişire şişire yarım ekmek-köfte yemektedir. Üstünde rengi atmış yakasız bir mintan,

altında dizleri ve kıçı yamalı, yıkanmaktan iyice çekmiş, kısalmış bir pantolon vardır.
Yanında açık duran takım sandığından ara sıra Kenan'ın istediği âletleri uzatır.
Kasabın önündeki top akasyanın gölgesine kıvrılıp yatan o sarhoş sokak iti, gelmiş-gelmiş Seyfi'nin karşısına dikilmiş. İt işte, köftenin kokusunu nasıl da almış. Bir lokmacık da bana at dercesine yalvaran bakışlarla Seyfi'yi süzüyor. Bu arada Kenan:
— Onbeş-onaltı'yı ver, diyor.
Seyfi uzanıp sandıktan bir İngiliz anahtarı bulup ve tabii elindeki köfte-ekmeği oracıkta toprağa bırakarak eğiliyor.
Sen misin eğilen.
Köpek o yaşlı vücudundan beklenmeyen bir çevik hamle ile kaptığı gibi lokmayı uzaklaşıyor. Seyfi doğrulup aynı pozisyonu aldığında ne ekmek var orada, ne de köfte.

Şiştin mi Seyfi!..

Seyfi'nin üç numara tıraşlı başı gövdesine göre oldukça iri. Yarı mahmur gözler, dişlek ve bir türlü kapanmayan, hep gülüyormuşcasına açık duran ağız, gövdeden aşağıya sarkan uzun kollar ve daha on yedi on sekiz yaşında kırk beş numaralık ayakları var.
Anladınız değil mi; çocuk kalmış bir çocuk.

Köpeği az ilerde kaptığı nevaleyi şapır-şupur yerken görüp hışımla ayağa kalkarak yerden bir taş aranıyor. Sonra nedense ani bir kararla vazgeçiyor bu hamleden. Hınzır bir gülümsemeyle yine sırtını ön tekere verip oturuyor.
Bir gözü köpekte ama. İçinden "İt oğlu it gösteririm sana ben" diye küfürler sıralıyor.

Beyaz keten ceketi, beyaz pantolonu, beyaz spor ayakkabıları, elinde tuttuğu geniş kenarlı bej hasır şapkasıyla ecnebi olduğu her halinden belli olan şişman, sarışın, dazlak başlı adam otobüsün ardında birkaç köylüye nezaret ederek bavullarını, sepetlerini, çantalarını, sandıklarını bagaja yükletiyor.
Arada bir hasır şapkasını yüzüne doğru sallayarak serinlemeye çalışıyor. Yüklenen eşyalara bir zarar gelmesin diye titizleniyor, yerinde duramıyor, kıpır kıpır oynuyor, köylülerin anlamadığını bile bile kendi lisanı ile emirler yağdırıyor.
— Aman!.. Watch out!.. Yavaş please.*

Bagaja tırmanan köylü iri sandıkları sarmalayan urganı bir ucundan tutmuş yukarı çekmeye çalışıyor; ötekisi ise aşağıdan omuz vermiş itiyor.
— Dayan Hüseyin, galdır...
— Amma da ağır yahu... Ne var içinde bunların?

* Aman! Dikkat edin! Lütfen yavaş.

Sefa Oteli'nin meydana bakan üst kat pencerelerinden bir genç adam dürbünle bu yükleme işini gözetler.
Genç adam, kimdir, nedir, ne iş yapar, niçin olup bitenleri dürbünle dikizlemektedir.
Bilmiyoruz.
Evet... Kıllı kasabın niçin keman çaldığını bilmediğimiz gibi; tanımadığımız, yakışıklı, şık giyimli bu genç adam hakkında da şimdilik bir bildiğimiz yok.
Dürbünün yuvarlak görüntüsüne önce ecnebi kılıklı şişman adam girer, sonra sandıklar, onları otobüsün bagajına yüklemeye çalışan köylüler.
Sonra dürbün kayarak Çardaklı Kahve'ye yönelir.
Bu defa görüntüye uzun beyaz keten elbiseli, saçları sanki meçli gibi güzel ağarmış, yaşlanmış ama yaşlandıkça güzelleşmiş, elinde bir yelpaze, gözünde güneş gözlükleri, ayak ayak üstüne atarak otobüse doğru bakan bir kadın girer.
Dürbün daha sonra kadınla aynı masada oturan spor giyimli bir genç kızı yakalar.
Yakalayınca yüzüne doğru yaklaşır.

Evet güzel, yirmi iki-yirmi beş arası, esmer bir kız. Okuduğu kitaba dalmıştır.
Dalmıştır çünkü masada duran çaylar, durdukları yerde dolu dolu soğumuştur.
Dürbün yeniden kadına döner. Kadın dudaklarını kemirmektedir.
Demek ki endişeli.
Şimdi haliyle bu kadın, bu kız ve otobüsün yanında yükleme işine nezaret eden adam bir grup oluşturuyor.
Yoksa bir aile mi?
Hayır.
Çünkü adamla kadın ecnebi olduklarını her halleriyle belli ederken; güzel genç kız yerli; bildiğimiz kara bıyıklı Türklerin dişisi.

Bu sırada bir köylü sırtında taşıdığı hasta karısını otobüse doğru getirir.
Yanında ak sakallı babası ve biri kız öteki oğlan iki çocuğu vardır.
Kadın çektiği ızdırabın iniltisini, hem kocasına, hem kayınbabasına, hem de çocuklarına duyurmamak için bastırır. Ancak otobüsün açık arka kapısında, kocası onu hafifçe basamağa oturtup, sonra yukarı çıkarak kendisini bir iki adım atmaya zorlayınca fısıltı halinde iki kez "ah" çeker.
Zar-zor ortalarda bir koltuğa kadar ilerleyip, kadın cam kenarına gelmek üzere otururlar.
Çocuklardan biri elindeki azık torbasıyla otobüse

girer, öteki onu takip eder. Ak sakallı dede aşağıda kalmıştır.

Kadın ve kocası çocuklarla sarmaşırlar. Hepsi de gözlerinden sicim gibi yaş dökmektedir.

Ama hiçbirinin çıtı çıkmaz.

Hiçbiri feryat etmez.

Sanki bu ayrılık ânında ses çıkarmak yasaklanmıştır. Sanki birileri onları gözetlemektedirler de, az sonra başlarına dikilip "Susun, ne ağlayıp duruyorsunuz" diyecektir. Aslında her biri ötekine ağladığını gösterip üzüntüsüne üzüntü katmak istemez.

Lakin hiçbiri bunu beceremez. Neyse ki ayrılık sahnesi uzun sürmez. Kadın çocuklarına ayrı ayrı sarılarak onları öpüp koklar; onlar da analarının elini öperler. Adam çocukları otobüsten dışarı çıkarıp dedelerine teslim eder. Şimdi başka bir ayrılık sahnesi yaşanmaktadır.

Kadın dermansız bakışları, güçsüz elleriyle pencereden oracıkta dikilip durmakta olan dedeyle çocuklara "Beklemeyin, hadi gidin artık" mânasına gelen işaretler yapsa da; dede çocukları çekiştirip "Hadi yeter artık gidelim" dese de, çocuklar güneş altında dikilmekte ısrar ederler.

Gitmeyeceklerdir.

Otobüs hareket edene kadar, analarını beklemeye, onun solgun yüzüne son bir defa bakmaya kararlıdırlar.

Gitmezler.

Dede de fazla ısrar etmez. Zaten onun da yaşlı ve

buruşuk göz çukurlarına yaş dolmuştur. İri mercekli, bir kolu iple tutturulmuş gözlüğünü çıkararak arada bir gözlerini siler.
Adam camdan hiç bakmaz. O başını öne eğmiş, öylecene hareketsiz durmaktadır.

Oteldeki dürbünlü genç yine Çardaklı Kahve'ye, yine o güzel kıza bakıyor. Kız bu defa kitabı kapamış, karşısındaki kadına heyecanlı heyecanlı bir şeyler anlatıyor.
O anlatadursun, dürbünlü adamın gözleri bu defa bir ayrıntıya takılır.
Gerideki masaların birinde, buralarda pek görülmeyen iki tip başbaşa vermiş, fısıl fısıl bir şeyler konuşuyor.
İkisi de kara şalvar giymiş, başlarında sekiz köşeli kasketler, boyunlarında birer puşi.

Anlaşılan bunlar da tekin değil.
Bunların da otobüsle bir işleri var.
Gözlerini meydandan, meydandaki otobüsten ayırmıyor; çay üstüne çay içiyorlar.

Köylüler yükleme işini sürdürmektedir.
Biri metal merdivenin yarısına tırmanmış, ince tahtadan hafifçe çakılmış, kenarları delikli hafif bir sandığı tek eliyle yukarıya iterken, öteki eliyle de bir çuvalı tutmaktadır. Yukarıdaki sandığı almaya çalışırken basamağa dayadığı ayağı kayar, sandık

elinden kurtulur, merdivendeki köylüyle birlikte gürültüyle teker-meker aşağı düşer.
Düşünce zaten hafifçe çivilenmiş tahtalar ayrılır, içinden bir grup ehlî güvercin şakırtılı kanat vuruşlarıyla havalanırlar.

Herkes ürkmüş, şaşırmıştır.
Bir an herkes hareketsiz kalır.

Ecnebi adam bu şaşkınlık sırasında sandıktan arta kalan otlar ve samanlar arasında bir beze sarılı paketi çaktırmadan alıp, omuzunda asılı duran çantasına atar.
Sonra herkes hep birden konuşmaya başlar.
— Ulan ne beceriksiz adamlarsınız be, bi sandığı tutamadınız.
— What did you do?* Ne oldu böyle!
— Ayağım kaydı yahu, ne bileyim, oldu işte.
Yerden kalkıp üstünü başını silkeleyen öteki köylü:
— Vay be... Kuş varmış sandıkta, işe bak sen.
— Kuş elbette... Hadi şimdi tut ki tutasın... Ne yapacağız, çok ayıp oldu.

Gürültü ve şamataya Çardaklı Kahve'dekiler de ayaklanmıştır. Yaşlı kadın oturduğu sandalyeden sıçramış, bir iki adım atacak olmuş, eliyle çarptığı çayı devirmiştir.

* Ne yaptınız?

Kitabını bırakan genç kız onu teskin eder. Kadın:
— Oh my God! What's gonna happen now?*
— It's just an accident. Don't worry.**
Şoför Kenan neden sonra arabanın altından başını çıkararak etrafına bakınır. Bir elinde iri bir salatalık tutmakta, hart-hurt ısırmaktadır.
— Ne oldu Seyfi? Ne düştü?
Seyfi meydanın üzerinde daireler çizerek uçan güvercinleri gösterir.
— Usta kuşlara bak, kuşlara...
— Bırak kuşları salak... Ne oldu, onu söyle...
— Beyin sandığı düştü yukarıdan, içinden kuşlar uçtu.
Kenan hiçbir şey olmamış gibi, salatalıktan iri bir parça daha ısırarak yeniden motorun altına uzanır. Uzanırken kendi kendine söylenmektedir.
— Ulan ne cins adamlar bunlar... Kuş mu yok koca Amerika'da.

Köylüler sandığın parçalarını toplamaktadırlar. Yüklenecek bir iki valiz kalmıştır. Ecnebi adam kendi dilinde söylenerek köylülere çıkışmakta, birini bırakıp ötekine yapışmakta, kan-ter içinde kalmaktadır.
— Oldu mu ya! You clumsy men! Benim güvercinler are gone. Who's gonna pay for them?***

* Aman Allah'ım... Ne olacak şimdi?
** Bir kazadır oldu. Üzülmeyin.
*** Oldu mu ya! Beceriksiz adamlar. Gitti benim güvercinler. Kim ödeyecek bunları?

Köylülerden yaşlı olanı güya adamı yatıştırmaya çalışır. Gülümseyerek sırtını okşar:
— Sıkma canını bey. Kuş mu yok buralarda... Sana yenisini tutarız. Kazadır... Oldu bi kere. Olanla ölene üzülmeyeceksin.
Ecnebi adam köylüye ters ters bakar. Sonra sesini keser. Ceplerinde sigara aranır, bulur, çıkarıp yakar, bir nefes çektikten sonra kahveye doğru dönüp yürür.

Âdil Usta bu kasabada kuyumculuk-sarraflık yapmış bir adamdır. "Usta" lakabı bu yüzden değil. Askere gidinceye kadar marangoz ustası imiş, oradan.

Bu Mardin'de asker iken bir oğlu oluyor, adını Nazım koyuyorlar. Oğlan –pek çok doğum sırasında vukubulur ya– kalça çıkığı ile sakat doğmuş. Anlamamışlar. Büyüyüp yürümeye çıkınca topal topal gittiği görülüvermiş. O sınıkçı senin, bu çıkıkçı benim dolaştırıp durmuşlar sabiyi, boş. Halk arasında "Geyrek Topalı" derler, öylece kalıvermiş.

Peki, bunca zaman içinde babası nerede; babası, koca Âdil Usta. Sormayın. Gönlünü bir Arap güzeline kaptırmış, bir de Süryani kuyumcuyla ahbap olarak onun yanına işçi girip Mardin'e bayağı yerleşmiş. Tâ ki Süryani usta memleketin ahvalini pek tekin görmeyip yurtdışına çıkıncaya kadar. Âdil Usta da o zaman Arap karısını ve bu kadından olma oğlu Davut'u yanına katıp kasabanın yolunu tutmuş.

Memlekete varınca; "Ulan hayırsız, ulan vefasız, neredesin sen? Karın hastalanıp öldü, Nazım'a

babaannesi baktı, ne karayazılı bir çocukmuş bu, babaanne de vefat edince, eşin dostun yanında barındı, o kadar teller çektik, o kadar yanık mektuplar yazdık, ulan sende hiç mi merhamet yok, bir haber salmadın" diye önüne gelen bunun yakasına yapıştı.
Âdil Usta'yı bir iyice bunalttılar.
Neyse, vaveyla sona erdikten sonra, Âdil Usta baba ocağını yeniden tüttürdü. Eh Mardin'den epeyce cebini doldurup gelmişti. Kasabaya bir kuyumcu dükkânı açtı, Nazım'ı da elbette yanına aldı. Bunlar Davut'la birlikte büyüdü.

Büyüdü sözün gelişi.
Arap karı –üvey ana oluyor ya– Nazım'a yapmadığını komadı. Zaten Âdil Usta'nın da yularını eline geçirmişti.
Esti-savurdu.
Davut'u mektebe verdiler, Nazım dükkâna çırak oldu.
Eden bulur demişler. Âdil Usta sonu sonu ince hastalığa yakalandı, kolayına ölmedi, çekti ha, çekti.
Zavallı Nazım hem dükkâna, hem eve bakıyor, üstelik azar üstüne azar işitiyor, yine de gıkını çıkarmıyordu.
Şu zulme bakın ki, çocuğun –artık çocuk da denmez ya delikanlının– adını unutup "Topal" demeye başlamışlardı. "Ulan topal şunu getir, ulan

topal bir koşu çeşmeye git, şu güğümleri doldur", "Ulan hafta geçti, ay geçti, bu nasıl dükkân, hiç mi kazanmıyor bu, yoksa sen altını-gümüşü iç mi ediyorsun" diyerek Arap karı bu çocuğa etmediğini komadı.
Nazım'ın zaten ağzı var, dili yok. Hani ne derler, vur ensesine al elinden ekmeğini.

Gün geçti, yıl geçti, zaman akıp gitti.
Âdil Usta vefat etti. Vefatından az bir vakit önce şahitler getirip dükkânın yarısını Nazım'a, yarısını Davut'a bıraktığına dair kâğıt imzaladı.
Güya günahlarına kefaret olacak imiş.
Eh öbür tarafta anlaşılır işin aslı.

Bu Davut denilen alçak ise anasından beter çıktı. Mektebi terk edip işi ayyaşlığa, kumara, hovardalığa vurdu. Tam bir serseri oldu.
Gelir, gider, Nazım'ın tepesine biner; kasada ne var ise avuçlayıp cebe indirir; bir zaman –yani paralar suyunu çekene kadar– ortalıkta gözükmez, sonra bet-beniz atmış, kılık-kıyafet dağılmış çıkagelirdi.

Nazım babası ölünce bir iki parça eşyasını alıp, dükkânın üstündeki asma kata taşınmış, orada yatıp kalkmakta idi. Kimseyle gereğinden fazla konuşmaz, ufak tefek tamir işleri yapar, zaten sermayeyi çoktan kediye yüklemiş olan Davut ile

artık içtiği sarma cıgaralardan sesi kesilmiş olan Arap analığına da harçlık verirdi.
Sadece bir kez sesini yükseltmişti.
O da babası öldükten sonra dükkân tabelasını değiştirip "Kuyumcu Davut Sağlam" diye yazan kardeşine.
O sakin adam birden dikilip ateş parçası kesildi. "Bu dükkân benim alın terimle çalışıyor, hem resmen ortağım, benim adımı da yazacaksın" diye diklendi.
Davut hem şaşırdı, hem korktu.
Arzuhalci Kemal Efendi'yi çağırdılar.
Yazısı güzel diye tabelaları ona yazdırırlardı.
Kemal Efendi de Kuyumcu Davut Sağlam ibaresinin altına "ve ortağı Nazım" yazısını kondurdu.

Nazım Efendi ara-sıra keman çalan kasabın yanına uğrardı. Kasap hayatının hikâyesini ona anlatmıştı. Bir düğün gecesi davullar-zurnalar çalar, yiğitler meydanda oynar, silahlar atılırken, kazayla en yakın arkadaşı olan damadı vurmuş; mahkemelerde sürünmüş, o olaydan sonra konuşmaz olmuştu. Hapisane hapisane gezerek cezasını çeker iken bunlardan birinde bir çingene kemancıyla tanışmış, ondan keman çalmasını öğrenmişti.
O da Nazım gibi hiç evlenmemişti.
Acısını içine gömmüş, kemanı ile konuşur olmuştu. Her seferinde böyle içine gömüldüğü zaman bir yarım içerdi.
Oysa Nazım içmiyordu. O cami cemaatına devam

eden biriydi. Ama acılar bazen böyle insanların yollarını kesiştirir. Onlar konuşmasalar bile birbirlerini teskin edebilir, birbirlerine dayanırlar.

Deli Kenan Mavi Kuş'u yeni bir sefere hazırlarken, Nazım Efendi dükkânın tahta kepenklerini özenle kapadı.
Tedirgin, heyecanlı bir hali vardı.
İki de bir sağına soluna bakınıyor, elleri titriyordu.
Daha sonra kepenkleri kapandığı için yarı karanlık kalan dükkâna girdi.
Bir zaman hareketsiz dikildi; her şeyi, her yanı ağır ağır gözden geçirdi.
Yola gittiğinde taşıdığı eski meşin valiz hazır, oracıkta duruyordu.
Tam valizi alıp çıkacak iken tahta döşemede koyu kahve renkli birkaç leke gördü. Telaşlandı, hemen tezgâhtan etrafı silmek için kullandığı bezi alıp çöktü.
Sırtı yarı açık kapıya dönük, hızlı hareketlerle lekeleri silmeye başladı.

Bu sırada dükkân kapısı önünde iri bir gölge peyda oldu.
Gölgenin gölgesi kapı aralığından giren güneş ışığını ağır ağır kesti, Nazım Efendi'nin üzerine düştü.

Kuyumcu tuhaf bir hissiyat ile ürperdi.
Silmeyi bıraktı, omuzunun üzerinden korkuyla irileşmiş gözleriyle kapıdan yana baktı.
İlk gördüğü kesik boğazından kan damlayan bir sığır başı idi.
Küçük bir çığlık atarak silkindi, ayağa kalkıp iki adım geriledi.
Kasabın çırağı Zeynel boynuzundan tuttuğu sığır başı ile dikilmiş sırıtıyordu:

— Kelle istiyon mu Nazım Efendi?
Kuyumcu korku ve kızgınlıkla kekeledi:
— Ne!.. Ne kellesi!.. İstemem... Çekil şurdan... Defol.
Zeynel her zaman sessiz, sakin gördüğü Nazım Efendi'nin bu çıkışı karşısında şaşırmıştı:
— Ne kızıyon be... İstemezsen isteme...
Kelle alacak adam mı yok.
Usta en önce sana sormamı söylemişti.
— İstemiyorum Zeynel, götür başkasına sat...

Kasabın çırağı kapıdan çekildi. O çekilince gün ışığı yeniden dükkâna düştü. Nazım Efendi alnının terini eliyle sildi. Düğümlenen nefesini boşalttı.

Şoför Kenan hâlâ motorun altında idi.
Muavin Seyfi köftesini kapan köpeği nasıl razı etmişse yanına getirmiş, kuyruğuna bir küçük konserve tenekesi bağlamakla meşguldü.
Ulan it, sen bu kadar yaş yaşadın, hangi akıl ile ekmeğini çaldığın adamın yanına yanaşıyorsun.
İt aklı demişler, boşuna dememişler.

Hasır fotörlü ecnebi şişman adam Çardaklı Kahve'deki kadınların yanına gitmiş oturmuş, onlarla konuşmaya dalmıştı. Meydandaki dede ile torunları hâlâ bulundukları noktada dikiliyor, pencereden bakan hasta kadını gözlüyorlardı.
Yüklemeyi yapan köylüler işi bitirmiş, ortadan kaybolmuştu.
Sıcak aynı sıcaktı.
Bunaltıcı.
Ah şöyle gölgelik bir yer olsa da çekilsem, bir buzlu limonata içip kendime gelsem dedirten cinsten.

Genç karı-koca işte tam bu sırada meydana açılan sokaklardan birinin başında göründüler.
Yüksek sesle tartışıyor, erkek alttan aldıkça kadın

cırlak cırlak bağırıyordu.
— Hata ediyorsun bebeğim. Şirinyurt o kadar da kötü bir köy değil.
— Bana bebeğim deme... İstemiyorum. Kaç kez söyledim bebek değilim ben.
— Sevgimden hayatım... Ne yapayım sana böyle hitap etmeye alışmışım.
— Beni gerçekten sevmiş olsaydın, bu Allah'ın dağına getirmezdin. Şuraya bak, toz toprak, tezek kokusu... Hıh... Şirinyurt'muş!..
— Ama İstanbul'da hiç böyle konuşmuyordun. Beni yüreklendiriyor, destekliyordun. Hatırlasana... Kuzular, çiçekler, dere kenarı, alabalık...
— Ne bileyim ben. Doğaya dönmek istemiştim. Doğa dedikse adam gibi bir doğa. Burada gölge veren bir ağaç bile yok. Hıh... Alabalıkmış. Ne balığı be...
— Köylüler öyle dedi bebeğim. O derede alabalık var dediler.
— Murat sus lütfen. Lütfen uzatma. Çıldıracağım yoksa... Şuradan bir uzaklaşabilsek...
Erkeğin elinde bir bavul, kızın kolunda hasır örme bir çanta vardı. Yazlık kıyafetleriyle birbirlerine yakışıyorlardı. Bir de bebekleri olsa, uzaktan mutlu bir aile fotoğrafı olarak görüleceklerdi.
Ama mutluluk fotoğrafa yansır mı acaba.

Fotoğraf dediğin neyi gösterir?

Fotoğraf dediğin gerçeği gösterir.

Gerçek şu:
Delikanlı öğretmen olup taşraya tayin edilmiş.
Kızla sevişip evlenmişler.
Kırmızı kiremitli, bacasından beyaz dumanlar tüten bir mutlu yuva hayal etmişler.
Oğlan bu hayali süslemiş.
Taşrada bir köy. Olsun. Vatan borcu bu.
Hem ne güzel köyler var. Bir ormanın eteğinde, yanından pırıl pırıl bir dere geçiyor, derede alabalıklar.
Öğrenciler baharda ellerinde papatya, gelincik demetleri bizi karşılar. Köylüler süt getirir, yumurta getirir. Biz el ele verir çalışırız; yurda yararlı insanlar yetiştiririz.
Kız buna kanmıştır gayet tabii.
Gayet tabi çünkü o sırada İstanbul'da Rumelihisarı altındaki bir çay bahçesinde oturmaktadırlar. Önlerinde boğazın mavi suları, geçip giden gemiler, büyülenmiş gibidirler.
Hem bunlar gencecik çocuklar daha; etrafa pembe-beyaz bakmaları çok mu acayip.

Buraya kadar iyi de, bundan sonrası tatsız.
Binbir meşakkatle gelip görev yapacakları köyü görmüş, burada bir mevsim geçirmiştirler. Ve elbette ki Hanya'yı-Konya'yı anlamıştırlar.
Aralarındaki aşkı –nasıl bir aşk ise– yel üfürmüş, su götürmüş.
Şimdi oğlan Konya'dan vazgeçmiyor; kız Hanya'dan.

Lakin ses tonuna, bakışlarında çakan şimşeklere bakılırsa kız ağır basıyor.
Biz de diyoruz ki, alttan al oğlum, alttan al. Böyle durumlarda yiğitliğin onda dokuzu kaçmak, biri hiç görünmemek.
O köy bizim köyümüzdür değil mi; bir vatan parçası.
Seyfi köpeğin kuyruğuna tenekeyi bağladıktan sonra onu yanından kovar, hatta peşi sıra taş atmaya başlar. Hayvan kuyruğunda teneke tangır-tungur kaçarken bu basar kahkahayı:
— Koş bakalım itoğlu.
Ekmeğimi kaparsın ha!..
Şamataya herkes katılır. Dükkân kapılarından, pencerelerden başlar uzanır.
Kenan dahi motorun altından çıkar, eli-yüzü yağlanmıştır.
Nasıl becerebiliyorsa hem kızar, hem gülümser.
— Seyfi!..
Seyfi sıçrayarak döner:
— Buyur usta.
— Ulan eşşek kadar oldun, gözün hâlâ oyunda.
— Ama usta ekmeğimi kaptı.
— Bırak şimdi, koş üstüpü getir.

Seyfi Mavi Kuş'un açık duran ön kapısına doğru koşar.

Kuyumcu Nazım Efendi kasabın çırağını savıp, heyecanını yendikten sonra valizini alıp çıkar. Dükkân kapısını dikkatlice kapatır ve kilitler.
Son bir kere daha kepenklere, kapıya, çatıya bakar; sonra dönüp ağır ağır meydana doğru gider.
Onu böyle elinde valiz, önüne baka baka yürürken görenler içlerinden "Nazım Efendi yine mal almaya gidiyor" diye geçirirler.
Yolculuğu kimi Antep'e yakıştırır, kimi Ankara'ya, belki de İstanbul'a.

Onunla ve diğerleriyle birlikte bir Mavi Kuş yolcusu da Doktor Yahya'dır. Kasabanın Hükümet Tabibi olan Yahya Bey kim bilir ne zamandan beri burada çalışmaktadır. Emekliliği gelip geçmektedir amma, onun ne mesleğinden ne de bu kasabadan ayrılmaya niyeti vardır.
Yalnız yaşar. Pardon yani dünya-ahret bacı-kardeş oldukları kasabadan bir yaşlı kadın hizmetine bakar.
Onun hizmetine bakmak da, yanında çalışmak da zordur hani.
Hem sarhoş, hem aksi.

Buna bir de yaşını ekleyin. Evet, "çekilmez" diyeceksiniz değil mi? Hayır, Doktor Yahya bütün bu sevimsiz tarafları yanında dünya tatlısı bir adamdır. Sabırlı, nüktedan, müşfik, merhametli.
Ya, az önce "çekilmez" diyordun.
Hayır aziz okuyucu, onu sen diyorsun. Ben bir insanı anlamanın zor olduğunu söylüyorum.
Hiç kimse dışarıdan görüldüğü gibi değildir ve bir insanı tanımak yıllar alır.
Hatta uzun zamandır tanıdığınız, dost olduğunuz biri, bir an gelir, öyle bir iş yapar, öyle bir söz söyler ki; parmağınız ağzınızda kalır ve "Vay be, ben bu adamı tanıyamamışım demek ki" dersiniz.

Doktor Yahya –eh artık iki tek mi, on iki tek mi atmış, burnuna o her zamanki kızarıklık gelip oturmuş– yanında küçük bavulu, giyinmiş kuşanmış; Hükümet Tabipliği binasının kapısına, daha doğrusu kapının camına içten okunacak bir yere bir kâğıt yapıştırır:
"Yıllık izne çıkıyorum, bir ay yokum. Dr. Yahya."
Dairenin yaşlı müstahdemi Ahmet Efendi ile ebe mi, hemşire mi olduğunu bilemediğimiz beyaz önlüklü Ayşe Hanım onu izlerler.
Yapıştırma işi bitince doktor bavulu almak için eğilir, aynı anda yaşlı müstahdem de bavula hamle yapar. Çekişmeye başlarlar.
Doktor:
— Bırak Ahmet Efendi, ben taşırım.

— Olur mu bey, ben dururken.
— Yahu adam bırak, her zaman aynı şeyi tekrarlama.
— Mümkünü yok taşıtmam, bırakın.
— Hay Allah... Ahmet Efendi, evladım.
Bak Türkçe söylüyorum, bavulu bırak.
— Çok ayıp oluyor Doktor Bey. Biz ne güne duruyoruz. Bir gören olursa dile düşeriz.
İşte Yahya'nın aksilik denilen tarafı. Kendi işini illâ kendi görecek. Kalın çerçeveli, numaralı gözlüklerinin ardında kalan gözleri iyice küçülür. Sesini yükseltir, bavulun kulpuna yapıştığı gibi hızla çeker.
— Bırak ulan. Başlarım görene de, gördürene de.
Ahmet Efendi pısar, geri çekilir.
— Nasıl isterseniz efendim.
Doktor birkaç adım atar, Ayşe Hanım'a:
— Yahu nedir şu adamdan çektiğimiz, Ayşe Hanım lütfen şuna biraz nasihat verin, bir gün elimden bir kaza çıkacak.
— İnatçıdır Doktor Bey bilirsiniz.
— İş inada binerse benle başedemeyeceğini öğrensin artık.
Ahmet Efendi sus pus olmuş, elleri önüne bağlı dikilmektedir. Yahya:
— Artık vedalaşalım. Yokluğumda aratmayın beni. Hadi hoşçakalın.
Ayşe:
— Güle güle Doktor Bey...
Ahmet

— Selametle efendim. Dönüşünüzü bildirin de karşılayalım.
Doktor bir eliyle müphem bir işaret yaparak:
— Artık orasını karıştırma. Bakalım döner miyiz, kalır mıyız...

Senelik izne her çıkışında tekrarlanan bu seremoni, söylenen sözler böylece biter.
Doktor Yahya da elinde bavulu meydana doğru gider.

Meydanı gören dar bir sokak; öyle ki bir araba zar-zor geçer.
Sokağın iki yanında yükselen kaba taş örme bahçe duvarları. Duvarların şurasından burasından fışkırmış otlar, çiçekler, hatta ağaç filizleri. Bir ulu ceviz etrafı gölgeliyor.
Gölgede iki çocuk.
Çocuklardan biri on üç-on dört yaşında.
Öteki cılız, dokuz-on gösteriyor.
Büyük olanın ayaklarında bir çift kara lastik, öteki oğlan çıplak ayaklı.
Duvara oturmuş, ayaklarını sarkıtmış konuşuyorlar.
İkisinin de gözü meydandaki otobüste.
Büyük olan:
— Şu otobüse bir atlasam, gerisi kolay.
Küçüğün ağzı hayranlıktan bir karış açık:
— Ya tiren.
— Tireni boşver, o kolay. Asıl otobüs. Deli Kenan fark ederse beni yolda arabadan atar. Vallahi atar.
Bir elini büyük adamlar gibi dizinde şaplatarak:
— Ah ulan Selo... Biraz param olaydı. Fazla değil, sade yola yetecek kadar. Bak o zaman sana göste-

rirdim İstanbul'a gitmek nasıl olurmuş diye.
Küçük de heyecanlanır:
— Ben de geleyim be Erol... Ha, ne dersin.
Erol ufaklığa yukardan bakarak:
— Sen burnunu sil önce, daha küçüksün.
— Bodur kaldığıma ne bakıyosun, aramızda üç yaş var.
— Bırak şimdi... Hele bir İstanbul'a varayım, İbrahim Usta'yı bulayım. O zaman seni de çağırırım gelirsin.
Küçüğün neredeyse ağzının suyu damlar.
Bir serüvenin orta yerindedir sanki.
— Çağırırsın değil mi... Söz ver...
Erol onun ensesine bir şaplak atar.
— Söz ulan... Çağırmayan alçaktır.
Küçük sevinçle ellerini çırpar, efelenir:
— Hey be... İkimiz bir olunca...
Neler yaparız, neler... Para kazanırız...
Tatlı yeriz, vapura bineriz.
— Sen ne bilirsin vapuru be!..
— Resmini gördüm Erol, valla, gazetede...

Onlar böyle, duvarın üzerinde, cevizin gölgesinde, meydandaki otobüse baka baka sohbeti sürdüredursun; Kenan işini bitirip motorun altından çıkar. Yağlı ellerini bir yandan üstüpüyle siler, bir yandan salatalık yer.

Hey maşallah be!..
İki metreye yakın bir boy. Pehlivan yapı. Kilise

direği gibi kalın ensenin üzerinde usturaya vurulmuş pırıl-pırıl bir baş, kırçıl pos bıyıklar, beyaz dişler, kocaman eller. Bu kadar heybetin yanında ilk bakışta anlaşılacak kadar munis, şefkatli, karınca incitmez, daima gülen bir yüz. Nedense bekâr kalmış, kimsesi yok, yaşlı anasıyla oturuyor.
Kim bilir belki de adı deliye çıktığından böyle evde kaldı. Elbette onun da bir hikâyesi var, yeri geldiğinde nakledeceğiz.
Seyfi ile beraber otobüsün tekerlerini tekmeleyerek havasını kontrol ediyorlar.
Yükleme bitmiş, köylüler arka koltuklara oturmuşlardır.
Hasır fotörlü ecnebi yaklaşır, Kenan'a:
— Gidiyoruz değil mi... Saat üç oldu.
— Gideriz beyim sıkma canını.
Adam sabırsızdır:
— But we've gotta catch the train...*
Mühim... Çok mühim...
Seyfi tekrar eder:
— Mühim... Çok mühim...
Kenan ile adam Seyfi'ye ters ters bakar.

Doktor Yahya bu sırada elinde bavul meydana girer, Kenan onu görmüştür.
— Ooo... Doktor Bey de geliyor. İşimiz iş.

Derken doktorun ardından dört nala gelen bir atlı peyda olur. Öyle ki, doktor atın önünden kendi-

* Ama tirene yetişmemiz gerek.

ni zor kurtarır. Atlı fiyakalı bir sürüşle meydanı şöyle bir dolanır; bütün çarşıyı, kahvedekileri, "N'oluyor ya" diye dükkân önüne fırlayanları, çeşme başında suyla oynayan çocukları, cümle âlemi kendisine baktırır.

Baktırır ve gülüşmeler arasında birbirine karışan konuşmalar zinciri halkalanarak büyür.

— Beşir Ağa yine kır kısrağı mahmuzlamış.

— Kendini at bir yana, ata yazık. Baksana her yanı köpüğe kesmiş.

— Eee... Ağa bu, ata mı acıyacak.

— Ağalığı batsın be. Ne ağası?

— Hıyar ağası...

— Ağalık bu hırboya kaldıysa, ohooo...

— Rahmetli babası ağa gibi bir ağaydı, bu düpedüz tiyatro.

— Bak, bak, kısrağı durduramadı, nerdeyse düşecek...

Gerçekten de kır kısrak ağanın bütün asılmasına rağmen dizginleri dinlememiş; bir o yana, bir bu yana yalpalamış, adamı üzerinden atayazmıştı. Ağa düşmedi ama, eski-yağlı buruşuk kumaş fotörü başından uçtu. Fotör uçunca, meydandakiler kahkahayı bastı.

Ağasını kahvede karşılamaya gelen kâhya çoktan fırlayıp fotörü düştüğü yerden almıştı. Beşir Ağa da bu sırada kendiliğinden duruveren attan atladı. Yetişen kâhya atı yularından tutarak yedeğine aldı, fotörü ağasına teslim etti, ağa önde, o arkada, Çardaklı Kahve'nin önünden geçerek otobüse doğru yürüdüler. Beşir Ağa tozlanan fotörü eliyle silkerek başına geçirdi; sanki kâhyaya söylüyormuş gibi, lakin esasen kahvedekilere duyurmak kastıyla:

— Satacam... Anam-avradım olsun satacam... (Sesini biraz daha yükselterek)
Ya satacam, ya vuracam...

Tam kahvenin önüne gelmiştir. Kalabalığa dönerek:

— Ama bunu alacak yiğit nerede?

Sonra umursamaz bir tavırla kâhyasına:

— Her şey hazır mı?

— Hazır ağam. Yumurta haşlamışam; peynir, tereyağı, bal... Kavurma bile vardır. Sonra soğan, maydanoz.

— Bırak şimdi maydanozu. Çiçek var mı, çiçek?

Kâhya şaşkın:

— Ne çiçeği?

— Ulan oğlum, ya misafirlerin içinde bayan varsa. Bayana kavurma ile soğan mı vereceğiz?

— Ne vereceğiz?

— Yavrum şimdi tankolukta âdet budur. Bayanlara çiçek verilir.

Kâhya boynunu bükerek:

— Gidip Abdo'nun yonca tarlasından yolayım biraz.

Ağa sağa-sola bakınır. Bezgin:

— Di get de yol. Bir iki gül de bulursan ihmal etme. Atı Hancı İdiris'e teslim et. Hayvan terlidir

ha, ona göre baksınlar.
Geç kalma tepelerim. Bak, otobüs kalkıyor.
— Başüstüne ağam.
Kâhya aceleyle savuşur. Ağa otobüse döner, körüklü çizmelerini gıcırdatarak, gümüş saplı yamçısını kilot pantolonunun yanlarına vura vura yürür.

Ağanın şamatası ile ayaklanıp manzarayı seyre duranlar yeniden sandalyelerine, masalarına, tavla ve iskambil kâğıtlarına dönmüştür.
Sessizlik avdet eder.
Kahvedeki ecnebi yaşlı kadın, karşısında kitap okumakta olan güzel kıza:
— We're going, I think,* der.
Kız kitabını kapatıp otobüsten yana bakarak.
— Yeah, let's go.**
Kadın çantasını alır, yelpazesi elinde ayaklanır, kız onu takip eder.

Arka masalardan birinde oturup fosur fosur cıgara içen kara şalvarlı, puşili o iki adam aralarında alçak sesle konuşmaktadırlar. Biri kaçak tütünden sardığı cıgarayı yere atıp hırsla çiğneyerek:
— Gelmedi dürzü. Otobüs neredeyse kalkacak.
Öteki:
— Gelecektir. Sağlam yerden haber almışık, hele bekle.

* Artık gidiyoruz galiba.
** Hadi, kalkalım.

Bu adamların birini bekledikleri kesin.
Ama kim?

Beşir Ağa telaşla lastik cıvatalarını sıkan Kenan'ın yanına varır, tepesine dikilir.
Kenan hâlâ salatalık yemektedir. Diyeceksiniz ki, bu ne bitmez salatalık. Evet, doğru. Demek ki, birini bitirip ötekine başlıyor.

— Hadi bakalım deli oğlan, topla takımları gidiyoruz.
Kenan:
— Hayrola, ne bu telaş?
— Tirene yetişeceğiz, ağır misafirlerim geliyor, hem de siyasi.
Kenan gayet rahat:
— Gideriz... Tasalanma.
Ağa çırpınmaktadır, sağa sola bakınır, burnundan solur.
— Yahu sen ne diyorsun? Bir an önce yola çıkalım, yoksa tireni kaçıracağız.
— Hey Allah'ım yine bu delinin eline düştük.
Kenan işinden başını kaldırır, gülerek cebinden bir koca salatalık çıkapır uzatır:
— Buyur ağa. Her derde şifadır. Ye...
Ağa eliyle iter, geçip otobüse binmek ister, bir ayağı kapının basamağında:
— Densizleşme. Bir ağanın gündüz gözü hıyar yediği nerede görülmüş.
Kenan:

— Maydanoz vereyim. İçeride var. Sepette. Valla... İdrar söktürür.

Ağa kıpkırmızı olmuştur. Bir şeyler söylemeye niyet eder, sonra vazgeçip basamağa çıkar, içeriye şöyle bir göz atınca Doktor Yahya'yı görür, siniri bir anda söner, abartılı bir tavırla içeri girer.

— Ooo... Doktor Bey'imiz de buradaymış. Yahu doktor, bu deli oğlanla başımız belada, ne edeceğiz?

Kuyruğuna teneke bağlanan o sünepe köpek arada bir başını döndürüp peşi sıra tangır-tungur gelen şeyden kurtulmak için çırpınır. Yıpranmış dişleriyle tenekeye bağlı ipi kesmeye çalışır. Beceremez, umutsuzca etrafına bakınır, başına üşüşen sineklerden iyice bunalıp silkinir, yeniden kasabın dükkânına doğru gider.
Seyfi otobüsün üzerine çıkmış, bagaja yüklenen sandıkların, sepetlerin iplerini kontrol etmektedir. Kenan arka tekerlerden birine sırtını verip gölgeye girmiş, it oturumunda çömelmiş sigara içer.

Otelin penceresinden dürbünle etrafı dikizleyen o genç adam elinde çantası, taranmış parlak saçları, dinamik ve dik yürüyüşüyle meydanı geçer, otobüse doğru yürür.

Herkes terlemekte, herkes beklemektedir.
Neyi?

Yolcular yerlerini almış, otobüsün içi fırın kesilmiştir. Yaşlı ecnebi kadın mütemadiyen yelpaze sallar, genç kızın elinde bir mendil, iki de bir alnını siler.

Hasta kadın alçak sesle inlemektedir. Ara sıra başını kaldırıp, oracıkta beklemekte ısrar eden çocuklarına ve ihtiyar kayınbabasına bakar. O ızdırabın içinde bile çocuklarının başına güneş geçeceğinden endişelenir.
Arka koltuklardaki köylüler aralarında fısıl fısıl konuşmaktadırlar.

Çardaklı Kahve'nin çocuk yaştaki garsonu elinde bir tepsi, tepside İran işi dünya güzelinin resmi, resmin üzerinde dizili limonata bardakları ile girer. Ağa hemen atılır:
— Ver oğlum. Önce turistlere ver, bütün yolculara dağıt, hesaplar benden.
Ecnebi karı koca, arka koltuğa ilişmiş olan güzel kız almazlar.
Otelden çıkıp gelen genç adam güzel kızın yanına oturmuştur.
Vay uyanık vay.
Ağa turistlerin limonata almadıklarını görünce üsteler:
— İçin efendim, limonata bu, ferahlatır.
Gut, gut...
Erkek:
— Teşekkür... Çok teşekkür.
Ağa şaşkın, bu defa kıza döner.
— Niye içmiyorlar, beğenmediler mi?
Genç kız:
— Israr etmeyin efendim, belki içleri çekmiyordur.

Bu sırada kâhya kucağında iri bir demet çiçekle içeri girer.
Kır çiçeklerinin tazeliği, rengi, kokusu, daha doğrusu varlığı birden sıcaktan hamam hücresine dönmüş köhne otobüsün içinde serin bir rüzgâr estirir. Asılan suratlar yumuşar, herkes hep birden bu sürprize geniş bir "Oooo..." çeker. Ağa memnun, sırıtarak bir miktar ayağa kalkıp otobüs ahalisine hitaben:
— Efendim, tirenden misafirlerimiz inecektir. Acizane kendilerini karşılamaya gidiyoruz. Ağır misafirler, hem de siyasi.
Yerine otururken kâhyanın boş böğrüne bir dirsek atarak kulağına eğilir.
— Ver ulan hanzo, bayanlara birer gül ver.
Kâhya demetten çektiği iki katmerli ve kokulu gülü bayanlara uzatır, onlar da teşekkür ederler.

Kokunun ardından kokucu mu gelirmiş, darbımesel gerçek olmuştu sanki. Kâhyanın ardısıra sivri burunlu, çipil gözlü, tilki gibi bir esansçı koltuklar arasında peyda oldu.
Camekânlı esans kutusunu yolculara doğru uzatıp alçak sesle:
— Esanss... Gül var. Şebboy var. Ne isterseniz var, diye satışa başladı.
Ağa bunu da kaçırmaz, adamı kolundan tutarak:
— Yahu kokucu; senin kokuların bizim çiçeklerin yanında fıs kalır ya, işte alışveriş olsun diye.

Esansçının elindeki şırıngaya işaret ederek:
— Fısırdat bakalım... Ne kokusu bu?
— Şebboy...
— Oooh... Mis gibi. Ver bundan bir şişe.
Yeniden turistlere döner. Esans kutusunu gösterip sesini yükselterek:
— Koku ister misiniz, koku.
Yaşlı kadın ile genç kız tebessüm ederek; elleriyle, kaş göz işaretleriyle istemediklerini belirtirler.
Erkek:
— Teşekkür. Siz çok iyi...
Kokucu şırıngayla ağaya küçük bir şişe doldurup verir.

Genç öğretmen bir bardak limonata almıştır, karısına uzatır:
— İç şunu. Ferahlarsın.
Genç kadın bardağa iğrenerek bakar. Yine de kocasını büsbütün kırmamak için alır. Doktor bu genç çifti izlemektedir.
Genç kadın bardağın içine bakarak:
— Nedir bu?
— Limonata.
Bir yudum alır:
— Böğğ... İğrenç.
Tiksintiyle yüzünü buruşturan kadın bardağı iade eder. Kocası:
— Hiçbir şeyi beğenmiyorsun. Ama hiçbir şeyi. Bunu içenler insan değil mi yani?

Bir büyük yudum alarak:
— Oh, ne güzel, halis limonata serin serin...
Kadın:
— İçemem efendim. İçemem. Ben alışmamışım. Bu atmosfer, bu pislik...
Hışımla doktora döner.
— Beyefendi niçin bekliyoruz hâlâ.
Doktor:
— Galiba bir yolcu daha gelecek.
— Ama nasıl olur. Bir saati yok mudur bunun. Ya tirene yetişemezsek?
Doktor içini çeker, bir an pencereden kasabaya şöyle bir göz atar, sonra:
— Zaman... Saat... Buralarda saat zamanı bölemez hamfendi. Yekpare bir zaman var bu iklimde. Hani Tanpınar ne diyordu:
Otelden gelen genç adam doktorun sözlerini tamamlar:

Ne içindeyim zamanın
Ne de büsbütün dışında
Yekpâre geniş bir ânın
Parçalanmaz akışında

Doktor memnun:
— Hay ağzınıza sağlık. Tam da bu işte...
Sonra etrafına bakınarak:
— Efendim madem yol arkadaşı olduk tanışalım, bendeniz Doktor Yahya, kasabanın hükümet tabibiyim.

Önce genç çiftin erkeği elini uzatır.
— Ben Murat. Şirinyurt köyünün öğretmeniyim, eşim Neşe.
Neşe başıyla doktoru selamlar.

Otelden gelen genç adam Tanpınar'ın meşhur şiirini okuyunca genç kızın ilgisi ona yönelmiştir. Bir an göz göze gelirler. Adam atak davranır, önce doktora uzatır elini:
— Adım Kemal, MTA'da mühendisim.
Ardından genç kız tanıtır kendini:
— Ben Gül. Arkeoloji tahsili yapıyorum.
Sonra ön koltukta oturan ecnebi çifti tanıştırır:
— John ve Elizabeth çifti. Amerika'dan geldiler. Geçen yıl tanışmış, bazı yörelerimizi gezmiştik. Antika merakları var, bir iki kilim falan aldılar.
John ile Elizabeth omuz başlarından geriye bakarak kibarca selam verirler.
Doktor:
— Memnun oldum efendim. Bayağı aydın bir grup oluşturduk, umarım güzel bir yolculuk olacak.

Çok geçmeden beklenen son yolcunun kim olduğu anlaşılır.
İki jandarma aralarında elleri kelepçeli, başı kasketli, ayağı şalvarlı genç bir mahkûm getirmektedirler.
Onları ilkin kahvedeki adamlar fark eder.
Heyecanla kıpırdanırlar.

— İşte geldi, demiştim sana.

— O mu?

— Evet o!

— Ne yapalım, biz de binelim mi?

— Olmaz, şüphelenirler.

— Ne yapacağız peki?

— Kalkalım. Kestirmeden gider, ırmağa varmadan yetişiriz. Haydi.

Alelacele kalkıp uzaklaşırlar.

Jandarmalar mahkûmla birlikte otobüse varmıştır. Mahkûmsa bütün mahkûmlar gibi önüne bakmakta, kasketinin gölgesinde kalan yüzü görünmemektedir.
Kenan:
— Geç kaldınız ağa!
Jandarmalardan biri:
— Ne yapalım, muamelesi uzun sürdü.
— Hadi geçin bakalım.

Jandarmalarla mahkûm arka kapıdan otobüse biner, en arkadaki beşli koltuğa yerleşirler.

Eh... Her şey tamam.
Kaputun ucundaki dağ keçisi heykelciğini elindeki üstüpünün temiz tarafıyla silip parlatan Kenan da biner, yerine geçer, etrafına bakınır, bir şey aramaktadır.
Ama ne?
Başını pencereden çıkarıp Seyfi'ye bağırır:
— Seyfi!..
Seyfi elinde marşı basmayan arabaları çalıştırmak

için kullanılan ilk hareket kolu ile pencere önüne dikilir.

— Buyur usta!

— Kedi yok, çabuk bul.

Seyfi ortadan kaybolur.

Şoförün koltuğa oturmasıyla artık yola çıkacaklarını uman, bu sebeple epeyce ferahlamış olan yolcular bu duraksama üzerine mırıldanmaya başlarlar.

— Yine ne oldu?

— Neden gitmiyoruz?

— Olmaz ya!.. Bu kadar da olmaz hani. Her şeyin bir haddi var.

En son cümlenin sahibi Beşir Ağa'dır.

— Kenan oğlum, sür artık şunu. Bak gecikiriz ha. Gecikmek ne demek. Battık demek. Ağır misafirlerimiz var anlamıyor musun, hem de siyasi.

Kenan hiç umursamaz.

— Patlamayın. Gideceğiz. Kediyi bekliyoruz.

Öğretmen Murat'ın karısı Kenan'ı duymuştur. Doktora döner:

— Ne kedisi bu?

Doktor keh keh gülerek:

— Bu delinin bir kedisi var, kucağına almadan yola çıkmaz.

O daha sözünü tamamlamadan Seyfi kediyi ön kapıdan içeri bırakır.

Kenan'ın yüzü ışılar.

— Lan kedi, nerde kaldın şerefsiz, gel bakayım.

Siyah-beyaz alacalı, kısa tüylü, şişman kedi yolcuları takmadan, dönüp bir kez bile bakmadan bir iki adımda şoföre ulaşır, sıçrayıp kucağına kurulur.

Kenan mütebessim, okşamaktadır.

— Ulan alçak, ulan namussuz, nerde kaldın sen!..

Bu sevgi genç kızı şaşırtmıştır. Kenan'a:

— Kediyi çok sevdiğiniz anlaşılıyor. Ama ne biçim sevgi bu. İki de bir "lan" diyorsunuz.

Kenan pos bıyıklarının altından beyaz dişlerini göstererek güler:

— Biz sevdiklerimize ara-sıra böyle deriz.

Gül:

— Ya sevmediklerinize.

— Bizim sevmediğimiz kimse yoktur. Belki gönlümüze biraz serin gelenler vardır.

— Onlara ne dersiniz?

— "Bayım" deriz. Meselâ "Olmaz bayım gidemeyiz" gibi.

— Tuhaf.

Kemal tek kelimelik cümleyi iki kelime ilavesiyle tamamlar.

— Tuhaf, hatta anlaşılmaz.

İki genç yine gözgöze gelirler.

Bu sırada Elizabeth yarım geri dönüşle Gül'e:

— What's the cat's name? Will you please ask?*

Gül:

— Şoför Bey, Bayan Elizabeth kedinin ismi nedir

* Kedinin ismi neymiş? Lütfen sorar mısın?

diye soruyor.
Kenan biraz şaşkın:
— Kedinin ismi mi?
— Evet, ismi.
— Ee... Kedinin ismi, kedi.
Gül de güler.
— Onu biliyoruz efendim. Hani evcil hayvanlara ad koyarlar ya. Meselâ kediler için işte Mestan, Tekir, Pamuk, bunun gibi özel bir adı var mı?
Kenan yine anlayamamıştır.
— Yok, yok... Bu kedinin öyle bir adı yok. Bunun adı kedi. Ben öyle seslenirim. Meselâ "Lan kedi, gel buraya" derim, gelir.

Bu kedi muhabbeti bir süre için sıcağın ve gecikmenin gevşemesini sağlamıştır sanki. Herkes neredeyse neşelenmiştir. Ağa hariç. Kâhyaya döner.
— Bir hayvan altı üstü. Amma da uzattılar.

Seyfi arabanın önüne geçmiş, ilk çalıştırma kolunu kırankın başındaki kurt ağzına geçirmiştir. Oradan Kenan'a bakar. Kenan başıyla "Çevir" işareti verir. Seyfi olanca gücüyle kolu döndürür, motor çalışmıştır.

Herkes bir kez daha ferahlar.
İşte artık gidiyorlar, kâbus sona eriyor.
Kenan etrafını bir kez daha gözden geçirir.
Oturduğu koltukla, şoför çıkış kapısı arasında bir büyücek sepet. Sepette salatalık, domates, deste

deste maydanoz.
Elindeki salatalık kalıntısını pencereden atar, bu defa uzanıp bir deste maydanoz alır, ısırır, ağzında maydanozlar, yarım kalkarak yolcuları şöyle bir süzer.

Yolcular da ona bakmakta, çıt çıkmamakta.
Kenan o vaziyette ağzındaki maydanoz lokmasını çiğner, saplarını pencereden atar, yutkunur, top gibi gürleyerek:
— Tamam mıyız...
Herkes nefesini boşaltır. Sesler:
— Oh be!..
— Nihayet!..
— Hadi yürü, yürü...
Kenan:
— Bismillah, ya Allah;
deyip Mavi Kuş'u kaldırır.
Önce meydanda ağır ağır şöyle bir yarım daire çizer. Hasta kadının çocukları ve ihtiyar adam yine öyle hareketsiz durmaktadır. Kadın son bir gayretle doğrulur, eliyle çocuklarına bir çelimsiz işaret gönderir.
Yaşlı adam ve çocuklar sessizce ağlamaktadır.

Erol'un küçük arkadaşı bir elini gözüne siper etmiş, meydandaki otobüsü izliyor.
Mavi Kuş'un kalktığını görünce heyecanlanır, Erol'a doğru koşar:
— Geliyor Erol, geliyor.
Erol o sırada azığını bir bohçaya dolamıştır. Çobanların yaptığı gibi omzundan geçirip beline bağlar. Onun da kalbi küt küt atmaktadır.
Oğlan:
— Unutma bak. İstanbul'a varınca...
Erol:
— Uzun ettin ama. Anladık, seni de aldıracağız.
Oğlan:
— Erol be!..
— Ne var?
— Gidince...
— Eee...
— Bana iyisinden bir çakı gönder.
Erol küçük arkadaşına bakar, duygulanmıştır. Aniden sarılır ona, bir veda öpücüğü kondurur başına.
— Olur. Merak etme. İstediğin çakı olsun. Beni sorarlarsa her şeyi olduğu gibi anlatırsın.

Küçük oğlan burnunu çekmektedir, neredeyse ağlayacak.
— Peki.

Otobüsün meydandan çıkıp kasabayı terk etmek üzere girdiği yol pek dardır. Her iki yanı bahçelerin yüksek taş duvarlarıyla örülüdür. Bahçelerden sarkan ağaç dalları ve leylaklar çoğu yerde birbirine kavuşarak yolu âdeta yeşil-serin-gölgeli bir tünele dönüştürmüştür.
Bazı virajlarda otobüs o kadar yavaşlar ki, şoför biraz dikkatini dağıtacak olsa duvarlardan birine sürtebilir.

Erol bulunduğu bahçe duvarının üzerinden, işte böylesi bir virajda otobüsün bagaj merdivenine atlar. Kedi gibi tırmanıp bagaja çıkar. Otobüs virajı dönmüş, yol biraz genişlemiştir. Erol bulunduğu yerde ayağa kalkıp, artık duvarın üstünde giderek küçülmekte olan küçük arkadaşına bakar. Oğlan onu uğurlamak için el sallamaktadır.
Erol da on sekizin üzerinden ani bir şut patlatıp doksana bir gol takmış gibi, yumruğunu havaya savurarak bir zafer narası atar.
Küçük oğlan yaşlı gözleriyle hayran, kendi kendine söylenir.
— Helal sana be Erol...

Mavi Kuş o öksürüklü sesiyle yitip gittikten sonra oğlan elleri cebinde, başı önünde, tarifsiz bir sevinç ve keder içinde ağır ağır çimenle kaplı bahçeye doğru yürür. Cevizlerin, artık meyve mevsimini bitirmiş kirazların, vişnelerin altından geçer. Bir elmanın dibinde dalından henüz düşmüş, kırmızı yanaklı, parlak bir meyve görür. Eğilip hevesle alır, pantolonunun kıçına sürterek güya temizler, "hart" diye bir ısırık alır. Elmanın serin, tatlı suyu damağına yayılıp oradan boğazına doğru yollanınca oğlana bir canlılık gelir. Bir ısırık daha alır. Elmayı kütür kütür yiyerek, bir türkü tutturup ağaçlar, duvarlar, meyveler, hayaller, kuşlar, böcekler arasında kaybolup gider.

Mavi Kuş son güz bitip ilk kar düşünceye kadar kasabayla istasyon arasında hep böyle gider gelir. Ne zaman ki havalar soğumaya, müşteriler yoldaki ayazı yiyip mırıldanmaya başlarlar; o zaman Kenan ısıtma tertibatı olmayan, olsa bile çalışmayan otobüsünün orta koltuklarından birini söker. Oraya benzin bidonundan yapılma yedi sekiz yaşlarında bir çocuk boyunda geniş karınlı, iri kapılı bir soba kurar. Sobanın borusu geçsin, dumanı dışarı savrulsun diye tavana bir delik açmıştır. Toprak yolun sarsıntısından, virajların eğiminden sobayı korumak, devrilmesini önlemek için onu öteki koltuklara sıkıca bağlamıştır.
Yağan karın bütün ovayı beyaza boyadığı, ancak seferleri aksatmadığı günler, çıtır çıtır yanan meşe odunlarıyla bu soba yolculara neşe kaynağı olur. O öyle tarlalar, tepeler, tek tük ahlat ağaçları arasından dumanını savura savura geçerken masallardan fırlamış bir tiren lokomotifini andırır.

Sonra kar iyicene yağar ve Mavi Kuş'un önünü keser. O zaman Kenan otobüsü meydanın bir köşesine çekip dinlenmeye terk eder. Ama sobayı kaldırmaz içinden. Çünkü sobanın sahipleri vardır.

Her kasabada olduğu gibi burada da bir deliyle bir meczup gün boyu dolanıp dururlar. Elbette ki kimseleri yoktur. Kışın kahve kapanıncaya kadar kahvede ısınır, çay içerler.
Gece yarısından sonra otobüse gelirler.
Artık kar kalkıp, yollar açılıncaya kadar Mavi Kuş onların mekânıdır. Arada bir muavin Seyfi de aralarına katılır. Sade Seyfi mi, o ihtiyar sarsak köpek, birkaç sokak kedisi kadroyu tamamlar.
Sobayı yakar, kendi aralarında konuşurlar.
Ne konuşurlar?
Bunu o kadar merak etme aziz okuyucu.
İşte bir deli, bir meczup, bir de çocuk kalmış bir delikanlı. Ne konuşacaklar ki?
İnanmayacaksınız ama Seyfi bazen bunlara sobanın üzerinde mısır patlatır. Kenan pek tabii olarak ara-sıra uğrayıp Mavi Kuş'un bakımını yapar; "Ulan arabayı kirletmeyin, hepinizi şu sobaya tıkar yakarım" diye bunları uyarır. Kasabalı ekmekten, yemekten; yakacaktan, giyecekten eh, ne koparsa kalplerinden yardım ederler.
Soba söner.
Işıklar söner.
Karlı tepeleri, çıplak ağaçları, çatıları, bacaları sihirli bir sessizlik örter.
Bunlar da yorgandı, battaniyeydi işte ne bulmuş-

larsa üzerlerine çeker; kendi deli, kendi meczub, kendi çocuk uykularına dalarlar.

O yıllarda taşra böyledir.
Küçük ve sıcak.
Yoksul ve samimi.
İçedönük ve derin.

Herkes birbirini tanır, birbirini sever, dert dinler, naz çeker, küser, barışır, kavga eder, çekiştirir, eğlenir, üzülür, ibadet eder; doğumda, cenazede, düğünde, bayramda biraraya gelir.
Büyük bir aile gibi yaşar.
Burada sanki fert yok, sadece cemiyet vardır. Oysa bu dış görünüş bir aldanmadan ibarettir. Taşrada fert cemiyete tahakküm edemez; cemiyet de ferdi alabildiğine ezemez. Herkes ve her şey bir ilahî hudut, bir hiyerarşi, asırların oluşturduğu bir âhenk ve düzen içinde kendine bir yer bulur.
Medeniyetimizi oluşturan manevi dinamiklerin dışa dönük zâhiri bir zenginlik ve gösterişi değil; içedönük bir derinlik ve yüceliği hedef aldığını söyleyebiliriz.
Bu bir bakıma zâhire nispetle bâtını kıymetli kılar.
İlkeler böyle belirlenince; medeniyet unsurları da bu ilkelerden neşet eden nispetlere, gelişmelere, biçimlere ulaşır.
Mesela evleri ele alalım.
Bu evler sokağa değil, avluya bakar. Sokağa dönük

yüzünde, insan boyunu aşan duvarlarında pencere dahi yoktur. Çokluk taştan yapılır ve sağırdır. Sokağa bakan kafesli pencereler bu taş kısmın üzerinde yükselen ikinci katta bulunurlar.
Evet, ev bahçeye, yani içe açılır.
Burası mahrem bir alandır.
Çiçek, meyve, sebze, havuzda su ile bir bakıma tabiatın devamıdır. Güzel ve ferahtır. Saydığımız unsurlarla tezyin edilmiştir.
Evin dış görünüşü sade ve vakurdur. Tezyinat evin içindedir. Oymalar, ahşap bezemeler, göbekli geçmeli tavan süsleri, yüklük ve çiçeklikler hep bu iç güzelliği hedef alır.

Bu incelik ve âhenk büyük-küçük, baba-oğul, ana-kız, konu-komşu, usta-çırak, şeyh-mürit, hoca-talebe münasebetlerine de damgasını vurmuştur. Çırak bir gün usta, oğul bir gün baba olacağından yetişmesine itina gösterilir. Ağalık, beylik, hocalık, şeyhlik dahi bir hududa kadardır. Haddi aşmak hiçbir şekilde hoş görülmez.
Haram, helal, mekruh, müfsit, mubah, farz, sünnet, müstahsen, mendup, edep, hizmet, hürmet, merhamet, şefkât, sabır, şükür, bid'at, örf, âdet, gelenek-görenek-mizaç sayılmayacak kadar kıymet hükmü belli bir denge içinde fert ve cemiyeti çekip çevirir. Öyle ki, helaya girme âdabından, sofraya oturma âdabına kadar.
Bu ahlâk, düzen ve hiyerarşiyi değiştirecek, zedeleyecek her davranış, düşünce, tutum; hastalık ve

bozulma alameti sayılır; zamaneden şikâyet edilir, durumun düzelmesi için kanun-ı kadime dönülmesi salık verilirmiş.

Elbette ki bir değişim yaşanmakta ve taşranın yekpâre zamanı kenarından köşesinden delinmektedir amma, bu o kadar yavaş seyreder ki, değişim hissedilmez bile.

Evler, bahçeler, ustalar, çıraklar, günler, geceler hep birbirine benzer. Sanki tornadan çıkmış gibidirler.

İşte yine yanıldınız.

Bu tıpkı dört fâilâtün ile yazılan şiirleri hep aynı sanmak gibidir. Oysa o şiirlerin içine eğilip bakmak lazımdır. O zaman görülür ki, Fuzûlî ile Bâkî; Hayâlî ile Zâtî farklı insanlardır ve farklı şiirler söylemişlerdir.

Her şair gibi her usta, her ev, her mescit, her hoca, her ağaç, her duvar ayrı birer şahsiyettir.

Taşranın âhengi bir yeraltı nehri gibidir. Üstündekileri besler, büyütür ama gücünün sırrını açığa vurmaz. O sebeple zâhire değil, bâtına bakmak lazımdır.

Bu da elbette özel bir terbiye ister.

Ruh terbiyesi.

Bütün bu söylediklerimiz asırlar öncesinde kalmıştır.

O günlerden bugünlere köprülerin altından çok sular akmış, çok şey değişmiştir. O âhenk ve hiyerarşi, o düzen değişmiş, pörsümüş, bozulmuş, bin bir yerinden yaralanmış, âdeta delik-deşik edil-

miştir. Ama yine de şu anlatmakta olduğumuz kasabada en azından çifte çınarlar ile dibinden kaynayan pınar yaşamaktadır.
Bir evin mutfağında un helvası kotarılmış ise, kokusu ulaşmıştır diye bir tabak da komşuya gönderilir.
Ferdi de, aileyi de, cemiyeti de hâlâ yıpranmış dediğimiz o ahlâk ayakta tutmaktadır.

Yahu biz asıl anlatacağımız mevzuyu terk ettik, neredeyse bir "ahlâk risalesi" yazmaya başladık.
Hemen silkinip Mavi Kuş'a dönsek iyi olacak.
— Anlat anlat, heyecanlı oluyor.
— Sen de kimsin yahu?
— Ben bu kasabanın ruhuyum.
— Kasabanın ruhu mu?
— Ne sandın ya! Deminden beri benden bahsettiğinin farkında değil misin?
— Yoo!..
— Al işte. Bu yazar-çizer takımı böyledir. Ağzının söylediğini kulağı işitmez. Her sahada bilirbilmez ahkâm kesmeye kalkar.
Vay be!...

Çizmeyi aştık galiba.
En iyisi biz hikâyemize dönelim.
Nerede kalmıştık...

Mavi Kuş biçilmiş sarı buğday tarlalarının, sürülüp nadasa bırakılmış kahverengi toprakların, suya yakın yerlerde hâlâ yemyeşil yonca tarlalarının, boz tepeleri yalnız bekleyen ardıçların, ahlatların arasından kıvrıla kıvrıla geçer.

Ipıssız yol.
Toprak şose.
O yıllarda kasabada birkaç resmî jip, bir de düğünlerde –o da keyfi gelir çalışırsa– bazen gelin arabası olarak kullanılan Köse'nin Pleymouth arabası var. Köse kasabanın dışına zaten çıkmaz; çıkmak istese de bu döküntü taksi çıkamaz.

Yol boyu telgraf direkleri.
Tellerde arı kuşları, üveyikler. Bazen bir direğin tepesinde etrafı delici bakışlarla kolaçan eden tek ü tehna bir şahin.

Kedi, Kenan'ın kucağında mayışmış uyuyor. Sağ ön koltukta Ağa ile kâhyası. Şoförün ardında ecnebi çift. Onların arkasında Gül ile Kemal. Yine sağda Doktor Yahya. Doktorun ardında genç

öğretmen ile eşi. Onların paralelinde bir boş koltuk. Boş koltuğun ardında Kuyumcu Nazım Efendi, kucağında küçük meşin valiz. Kuyumcunun yanı da boş.
Sağ tarafta sivri burunlu esansçı bir köylü ile yan yana oturmuş, habire anlatıyor. Köylü de ara-sıra başını "Hı, hı" makamında sallayarak ona katılıyor.
Hasta kadınla kocası onların paralelinde.
Her iki sırada da birkaç boş koltuk.
Sonra köylüler, hepsi erkek. En arkadaki beşli koltukta jandarmalar ve aralarında kelepçeli oturan mahkûm.

Seyfi şoförün yanındaki sepeti almış, yolculara "müessesenin ikramı" olarak salatalık dağıtmaktadır. Ağa, kâhya, doktor birer salatalık almış, soymaktadırlar. Kenan hâlâ maydanoz yemektedir. Seyfi kuyumcunun başına dikilir, ona da bir salatalık uzatır.
Nazım Efendi abus çehresiyle şöyle bir bakar ve:
— Bu ne?
— Hıyar!.. Ustanın ikramı.
— Ne olacak?
— Soy, soy ye!..
Kuyumcu iyicene aksileşip yüzünü camdan yana döndürür:
— İstemiyorum.
Seyfi üsteler:

— Maydanoz vereyim.
Kuyumcu sesini yükselterek:
— İstemiyorum dedim. Mecbur muyum yemeye?
Ötekiler Kuyumcu'nun yükselen sesine döner.
Seyfi:
— Olmaaaz.. Ustanın ikramıdır alacaksın.
Kuyumcu ter ter tepinir:
— Almıyorum ulan, almıyorum...
Var mı diyeceğin?

Kenan dikiz aynasından manzarayı izlemektedir. Arabayı durdurur, yerinden kalkar, kediyi yavaşça koltuğa bırakır, gelir Seyfi'nin yanında dikilir:
— Ne oluyor?
Seyfi:
— Hıyar verdim almıyor usta.
Kenan:
— Niçin almıyorsun?
— Canım çekmiyor, zaten salatalık sevmem.
Kenan sepete elini daldırarak bir demet maydanoz ile iri, kırmızı bir domates çıkarır:
— Domates al, yahut maydanoz.
Kuyumcu "çattık belâya" der gibi sağa sola bakınır, sonra hafifçe de olsa diklenen bir tonda:
— Yahu belâ mısınız be! Almıyorum, yemiyorum, yemiyorum işte.

Kenan birden uzanır, kerpeten gibi parmaklarıyla Kuyumcu'nun yakasını kavrar, onu neredeyse

ayaklarını yerden kesecekmiş gibi havaya kaldırır:
— Almıyor musun, almıyor musun?
Otobüsün içindekiler şaşkınlıktan dilleri tutulmuş gibi bu sahneyi izlemektedir. Doktor hariç. Kenan'ı delikanlı günlerinden beri tanımaktadır. Böyle sahneleri çok görmüştür. Herkesin o yana bakmasından istifade ederek koyun cebinden çıkardığı kanyak şişesini diker, uzun bir yudum çeker.
Nazım Efendi titremeye başlamıştır. Bir süre imdat ister gibi umutsuzca etrafına bakınır, kimseden ses çıkmayınca yelkenleri indirip kaderine razı olur:
— Peki, peki, kızma...
Kenan adamın yakasını bırakır:
— Ne verelim?
— Domates, bir tane domates..
Seyfi bir domates uzatır, Kuyumcu alır domatesi, Kenan gülerek yerine doğru gider:
— Medeniyetsiz herif. İkram ediyoruz ulan. Yemesen bile kibarlık olsun diye alır insan. Değil mi ama.

Meselenin daha fazla tatsızlığa varmadan böylece halledilmesi yolcuları rahatlatmıştır.
Doktor çakırkeyf, ortaya konuşur:
— İyidir bu deli oğlan. Ama bazen böyle sigortaları atıyor.
Ne yapmak lazım?

Kemal:
— Ne yapmak lazım?
— Sabretmek lazım.
— Nasıl yani?
— Canım sigorta atınca ne yaparız.
Kopan teli bağlarız değil mi?
— Ama bu bir tel değil ki, koca adam. Beyefendi salatalık yemek istemiyormuş. Saygılı olmak gerek. Zorla güzellik olur mu?

Doktor gevrek gevrek güler.
— Olur, olur. Hayat bize bunu öğretiyor. Bazen, yani yeri geldiğinde "Buyur kardeşim, sen önden geç" diyeceksin.
Gül söze karışır:
— Bazen dediniz, ne zaman yani.
Doktor kesin konuşur.
— Kriz anlarında.
Kızla oğlan yine göz göze gelir, sonra biri bir yana, öteki öte yana döndürerek başını, bu "kriz" denilen düğüm üzerinde düşünmeye başlarlar.

Mavi Kuş bir yokuşa sardırmıştır.
Oflaya puflaya çıkmaya çabalar.

Yol ufukta bulutların arasından çıkıp yumuşak tepeleri aşarak, yamaçlardan geçerek, dere yataklarını kıvrıla kıvrıla dolanıp vadiyi bir baştan ötekine tozlu-beyaz bir çizgi gibi bölüyor. Bu sırada kovboy filimlerinin kızılderili kahramanları gibi, iki atlı bu vadiye bakan tepelerin ardında beliriyor.
Daha yakından bakarsak bunların kasabanın Çardaklı Kahve'sinde, geri masalardan birinde fosur fosur cıgara içip, fısıl fısıl konuşan şalvarlı-kasketli o iki yabancı olduğunu anlarız.
Demek atlarını hana bırakmış, tüfeklerini bir yere saklamışlar. Sonra kestirmeden gelip otobüsün geçeceği yolun başını tutmuşlar.

Ve haliyle uzaktan bir toz bulutu yükselir.
Mavi Kuş gelmektedir.
Biri ötekine:
— Ağa!..
— Ne var!..
— Otobüs geliy...
— He geliy...
— Ne diyecem bilimisen?

— Ne?
— Gel bu işten vazgeçek.

Öteki berikine öyle bir kanlı bakış fırlatır ki, adam dediğine diyeceğine anında pişman olur. Ve tabii öteki ağzından köpükler saçarak;
— Ula sen ne diyisen?
Beriki büzülerek lafı geveler.
— Şey, yani, demem o ki...
— Sus!.. Konuşma. Onca yol tepip gelmişiz. Kanlımızı bulmuşuz. Onu vurmayıp da ne edeceğiz, akrabanın yüzüne nasıl bakacağız?
Onlar aralarında konuşadursun; otobüs yaklaşır, vadideki yoldan geçer, ardında bir toz bulutu bırakarak uzaklaşır.

Adamlar bir süre daha orada öylece heykel gibi kalıp, sonra atlarının başını meçhul bir istikamete döndürerek dört nala sürer, tepelerin ardında kaybolurlar.

Şoför Kenan maydanozu bırakmış, yeniden salatalık yemeye başlamıştır. Genç adam ile genç kız aralarında konuşmaktadır.

Kemal:

— Demek arkeoloji okuyorsunuz.

Gül:

— Evet.

— Bu arada kazılar, turlar, derken turist rehberliği.

— Yo, yo... Aslında rehber falan değilim. Bir raslantı. Bay ve Bayan North uzaktan bir akrabamızın dostları. Amerika'da tanışmış, birkaç kez Türkiye'ye gelmişler. Aslında bu geziye de birlikte çıkacaklardı. Ama Cevat Bey'in acil bir işi çıktı.

— Cevat Bey?

— Uzaktan akraba dedim ya. Bana rica ettiler. Oysa bu yöreyi pek iyi bilmem ben.

— Civarda galiba antik harabeler var.

Kız konuşurken Kemal'in tuhafına giden bir gül kokusu hissetmesi. Tuhaf, çünkü bu modern görünümlü genç kız gülyağı sürünecek değil. Sadece adı gül. Yoksa adından yüzüne saçılmış bir güzellik mi bu kokuyu yayıyor. Hani böyle konuştukça

hafif pembeleşen gamzeli yanaklarından. Sanki ağır ağır açılan bir gonca. Yoksa goncaya benzeyen dudaklarından.
Kemal arada bir silkinip içinden "kendine gel oğlum" diyor; silkinmemiş olsa bülbül gibi şakıyıp duran bu gül karşısında –lafa bak– iyicene apışıp mayıştığı belli olacak.
— Evet, oraları dolaştık. Doğrusu çok sıkıldım ben. Yemek, otel falan hak getire.
— Doğru. Benim otel de tahtakurusu kaynıyordu. Eee? Misafirlerinize yörenin kilimlerini, bakırlarını gösterdiniz mi? Çok kendine has motifleri var.
— Biraz alışveriş yaptılar. Bayan North yerli dokumaları çok sevdi.

Genç adam artık bir nebze olsun kendinden bahsetme gereğini duyarak:
— Ben madenciyim aslında. İTÜ mezunuyum. Çalıştığım kuruluş için bir tetkik lazım oldu, ona geldim. Siz galiba İstanbul'a döneceksiniz?
— Evet...
Kemal bu "evet"e sırıtmadan cevap vereyim dedi ama yine de bir miktar sırıttı:
— Birlikte yolculuk edeceğiz desenize.

Mavi Kuş toza-toprağa belenmiştir. Neyse ki ara sıra üç yüz beş yüz metrelik bir düz yol bulduğunda hızlanmakta; bu arada tozdan ve sıcaktan bunalan yolcularını pencerelerin açık bölümlerinden giren havayla ferahlatmaktadır.

Beşir Ağa tabakasını çıkarıp, tütün sarmaya durunca Elizabeth'in gözü tabakaya takılır. Ağa fark eder bunu, tabakayı uzatarak:

— Buyrun, Malatya'nın halis sarı kızı.

Elizabeth yüzünü buruşturarak, tabakayı gösterir.

— It's an antique tobacco box, isn't it? Is it silver?*

Ağa anlamaz, önce kâhyaya, ardından ecnebilere döner:

— Ne diyor bu yahu... Tütün... Tütün... Hakiki kaçak tütün... İster misiniz, bir tane sarın... Bilmiyorsanız ben sarayım.

John gülerek müdahale eder.

— Tabaka... Tabaka...

Ağa uyanmıştır, tabakayı kapatır, Elizabeth'e uzatır:

— Haa.. Demek tabaka. İyidir tabakamız... Erzurum yapısı. Halis gümüş.

Elizabeth tabakayı elinde evirip çevirerek inceler, beğendiğini belli eden bir tavırla kocasına;

— Very beautiful. Do you think he'll sell it to us.**

Beşir Ağa tabakasının uyandırdığı ilgiden memnun, övüngen bir ses tonuyla ve sanki sözleri turistler tarafından tamı tamına anlaşılıyormuşçasına tabakanın, oradan da ailesinin tarihine atlayarak uzun bir bahis açar.

— Efendim, bu tabaka bize rahmetli pederimiz

* Antik bir tabaka galiba. Gümüş mü?

** Çok güzel. Acaba bize satar mı?

İzzet Ağa'dan yâdigârdır. Ona da babasından intikal etmiş.
Dedem Halis Efe katırcılık yaparmış. Yani tâ padişah zamanında. Eskiden... Bunlar tâ Giresun'a kadar gider, oradan mal yükler; Diyarbakır'a, Tebriz'e kadar götürürlermiş. Katırcılık zor zenaat.. Bilek ister, yürek ister. Kar demeyeceksin, kış demeyeceksin. Sonra bunun eşkıyası var, kurdu var, çakalı var. Koca bir kervan, emanet mal... Kaptırmayacaksın, mala bir ziyan geldiğinde battın... En azından adın kötüye çıkar. Bir adamın adı battı mı, kendi de gitsin yani, yok olsun daha iyi..

Muavin Seyfi Mavi Kuş'un arka kapısı camından tıraşlı koca kafasını, kollarını çıkarmış, tâ beline kadar sarkmıştır.
Oradan uzattığı bir ip ile şeytan uçurtması uçurmaktadır.
Beyaz üzerine iri kırmızı benekli kaplama kâğıdından yapılmış uçurtma otobüsün hızıyla zorlanmakta, havada taklalar atmakta, tam yere çakılacak gibi pike yapıp yeniden havalanmakta, Seyfi'yi zevkten dört köşe etmektedir.

Issız bozkırın ortasından geçip giden bir otobüs.
Otobüsün ardı sıra uçup gelen bir uçurtma.
Sanki bir çizgi-roman.
Sanki bir çocuk resmi.
Bir masal minyatürü.

Bu resmin çıngıraklı çerçevesine gizlice dahil olan ve keyfini çıkaran biri daha var. Yukarıda tahta sandıklar, bavullar, çuvallar, kıvrılıp palazlara sarılmış yataklar arasına sırtüstü yatmış, köylülerin sepetlerinden bir elma aşırıp yemekte olan Erol.

Onun da gözü uçurtmadadır.
Hayatının ilk ciddi macerasını yaşamakta, heyecanını bastırmak için sürekli olarak bir türkünün nakaratını tekrarlamaktadır.

Amman şeker oğlan
Yandım şeker oğlan
Anasına küsmüş
Damda yatar oğlan.

Öğretmen Murat, doktora dert yanıyor.
Doktor Yahya ön koltukta olduğu için gövdesini yarı döndürerek Murat'ı dinliyor.
Neşe Hanım sinirli, küskün, güya konuşmaya iştirak etmeyip camdan dışarı bakıyor ama belli ki kulağı onlarda. Evet belli, çünkü lafı gediğine koymak icap ettiğinde söze karışıyor.
Murat:
— Öğretmenlik en kutsal görev değil mi Doktor Bey... Hele hele köy öğretmenliği...

Yahya biraz müstehzî, gülerek:
— Kutsal olmayan görev mi var efendim. Meselâ doktorluk. Bizim kasaba gibi ücra bir yerde Hükümet Tabipliği.

Murat onu dinlemez, kendi derdinin peşinde makineli tüfek gibi konuşur:
— Evet, haklısınız, tabii. Ha, ne diyordum ben. Evet, tayinimiz çıktığında hiç tereddüt etmedim. Burası da bir yurt köşesi. Hem köyümüzün adı da Şirinyurt.

Yanından pırıl pırıl bir dere akıyor, derede alabalıklar...

Neşe söze karışır, sinirli bir ses tonuyla:

— Balık yok... Yok efendim. Dere dediği yazın suyu kesilen bir kuru yatak. Kalkmış bana şiir okuyor. İnanmayın Doktor Bey, tezek kokulu pis bir köy işte...

Murat:

— Haydaa... Şimdi de tezek kokulu diyor. Hayır efendim... Hayır. Hem diyelim böyle. Gerçek bu. Hemen yüzgeri kaçmak mı lazım. Söyleyin Doktor Bey, siz söyleyin. Evlilik ne demek.. Ha, ne demek.

Doktor meselenin nezaketine binaen lafı çiğner:

— Eee, nereden baktığınıza bağlı. Şey, yani..

— Nereden bakarsanız bakın efendim. Evlilik bir ömür boyu sürecek, sürmesi gereken bir hayat arkadaşlığı, değil mi... Tasada ve kıvançta beraberlik. İyi ve kötü günde, işte ne bileyim, biraz fedakârlık...

Doktor:

— Doğrudur. Ama uyum şartıyla.

— Efendim biz Neşe ile sevişerek evlendik, anlaşarak... Benim mesleğimi, istikbalimi, gelir düzeyimi biliyordu. Anadolu'da şirin bir yurt köşesinde kendimizi yurt çocuklarına adayacaktık. Anlaşmıştık efendim.

Neşe:

— Herhalde bu Allah'ın dağı üzerinde anlaşmamıştık.

Murat karısına dönerek.

— Neden böyle hırçınsın, bir türlü anlayamıyorum. O benim şirin, tatlı sevgilim gitti, yerine bir başkası geldi sanki...

Yahya bu fırsattan istifade ile önüne döner, kanyak şişesinden iki fırt daha çeker, kızarmış gözleriyle yeniden Murat'a:

— Sizi anlıyorum Murat Bey. Öyle ki, sizi dünyada benden iyi anlayacak kimse yoktur. İnanın.

Murat bir müttefik bulmuş olmanın saf sevinci ile:

— Yaa... Öyle mi!..

— Evet öyle.

Doktor derin bir ah çekiyormuş gibi nefesini boşalttıktan sonra, uzaklara sanki meçhul bir ufka bakar gibi, sesine teatral bir ton ekleyerek konuşmaya başlar.

Sözlerine kendi de şaşmakta, çünkü bir yabancıya ilk kez böylesine içini açmaktadır:

— Efendim, ben de bir vakitler sizin gibi genç ve evli idim.

— Eşiniz nerde peki?

— Ayrıldık, beni boşadı.

Murat'ın gözleri iri iri açılır. Şaşkın:

— Boşadı mı? Vay canına!

— Yaa, boşadı işte. Ama şimdi düşünüyorum da suç tamamen bendeymiş.

— Ne suçu?

— Suç demeyelim buna, bir hastalık.

— Hastalık mı?

— Evet, kelimenin tam anlamıyla hastalık.
— Ama siz bir doktorsunuz.
Yahya Murat'a bağışlayan gözlerle bakar.
— Doktorlar da hasta olur efendim.
— Peki, neydi hastalığınız, korkulacak bir şey mi?
Doktor burada konuşmasına âdeta bir es verir. Gözlüklerini çıkarır, galiba buğulanmış veya tozlanmış diye siler; yeniden takar, öğretmene doğru eğilir, sanki bir sır veriyormuş gibi:
— Ben bir bibliyoman idim Murat Bey.
— Bibliyoman?!...
— Evet, Türkçesi kitap hastası, kitapsever.
Murat'ın yüzündeki endişe yerini rahat bir ifadeye terkeder.
— Ne var bunda. Keşke yurdumuzun insanları, herkes, sizin gibi kitapsever olsa.
— Yoo... O kadar kolay değil. Basit değil... Bakın ben size anlatayım. Bu bir hastalık. Üstelik alanındaki benzerlerine nazaran en hafifi.
— Başka türleri de mi var.
— Ohoo. Çok var, çok... Şimdi size kısaca tarif edeyim.
Kitapçalarlar vardır. Bunlar normal yollardan kitap sahibi olmak istemez. İlla ki çalacak, ancak o zaman tatmin olur.
— Yok ya!..
— Evet öyle... Kitap delileri vardır meselâ. Bunlarda kitap toplama arzusu durdurak bilmez. Kitabı okumak için almazlar, seyretmek, üzerinde yatıp

uyumak, okşamak için edinirler. Bazıları da kitapgizlerdir. Kitabı kilit altında tutar, kimseye göstermez, kıskanırlar.

Kitap düşmanları vardır; kitaptan tiksinir, nefret eder, elini bile süremez. Sonra kitap yakanlar, kitap yırtanlar, kitapperestler.

— Vay be!.. Ama bunlar çok afedersiniz, yani bir tür manyak oluyor değil mi?

— Elbette. Nasılsa içlerinde ben de varım.

— Sizinkisi hangi sınıfa giriyordu.

— Benimki en zararsızı. Kitapsever, tutkun. Kitapları seçip alırlar ama kafalarına koydukları kitaba sahip olmak için her fedakârlığa katlanırlar. Sahip oldukları kitaplardan başkalarına övgüyle bahsetmekten hoşlanırlar.

— Ne güzel... Kim bilir ne çok kitabınız vardır.

— Bir zamanlar vardı.

— Sonra...

— Eşim istemedi. Haklı kadın. Neredeyse kitaplarla yatar kalkar olmuştum. Tıbbiyeyi bile zor bitirdim. Evin her yanı kitap. Raflar tavana kadar. Odalar, köşeler, sedir altları, yani nasıl desem. Kadın haklı.

Doktor böyle "kadın haklı, kadın haklı" dedikçe bir eli ikide bir koyuncebindeki kanyak şişesine gidiyor ama güç bela engelliyor bunu.

— Münakaşa, münakaşa, tadımız tuzumuz kalmadı. Ve bir gün, yani o kaçınılmaz kriz ânı gelip çattı.

— Nasıl?

— Çekti beni bir kenara, o zamana kadar görmediğim bir kararlılıkla: "Yahya" dedi. "Tercihini yap. Ya sen, ya da kitapların."

— Ne demek oluyor bu?

Doktor acıyla gülümser.

— Anlasana hoca. Ev kadının. İkimizden birini istemiyor. İkimiz, yani ben ve kitaplarım.

— Çok zor durumda kalmışsınız.

— Hem de ne kadar. Üstelik karımı seviyorum. Hem kitaplarımı seviyorum, hem onu.

— Ee... Ne yaptınız.

— Ben o gün gidip iyicene kafayı çektim. Sabaha kadar dolaştım sokaklarda. Ne yapmalı, ne yapmalı, diye soruyorum kendime.

Sonra kötü bir kararla; isabetsiz, ahmakça bir kararla eve döndüm. Telefon edip bir kamyon, birkaç işçi çağırdım. Kitapları yüklettim.

Yüklettim diyorsam, şimdi bu kelime ağzımdan kolaycana çıkıyor. Aradan yıllar geçti. O zaman, yani işçiler her birinin edinme macerası ayrı olan kitapları, öyle koli koli götürürken etimden et kesiliyor, dünyanın en ağır işkencesi altında eziliyor, âdeta yok oluyordum.

Karım bir tatsızlığa meydan vermemek için kaçmış, evin kendisine ait olan tek mekânına, yani mutfağa kapanmıştı.

Taşınma işi bitti, ev âdeta bomboş kaldı. Bavulumu topladım, giyindim, mutfak kapısını açtım.

Orada bir tabureye oturmuş, sigara yakmış, ki nadiren içerdi, mahzun bir yüzle bana bakıyordu. Anlamıştı.

— Ben gidiyorum dedim. Evin sana mübarek olsun, artık ferah ferah oturursun. Sen kazandın dedim.

Tuhaftır, o da salakça bir soru sordu.

— İyi ama sen niçin gidiyorsun, dedi.

Böyle sorulara cevap vermek anlamsızdır. Kapıyı çektim çıktım.

— Çıkış o çıkış...

— Evet. Sahaflar Çarşısı'na vardık; bütün kitapçı esnafı tanır beni. Kitapları elden çıkaracağımı duyunca kamyona hücum ettiler.

Bir süre otelde kaldım. Boşanmak için bir avukata vekâlet verdim, daha sonra tayin için müracaat ederek kendimi bu kasabaya gönüllü sürgüne gönderdim.

— Kitaplar, hani hastalık falan?

— Hiçbiri kalmadı. Çivi çiviyi söker. Uzun zamandır gazete bile okumuyorum.

Doktorun bu uzun hikâyesi sırasında Neşe bir kez olsun söze karışmamıştı. Ne zaman ki söz bitti, hikâye tamam oldu, o zaman mânalı bir tonda "Kadın haklı" dedi.

İşte tam bu sırada uçurtmanın ipi koptu. İpten kurtulan uçurtma ağır ağır yere doğru yaklaştı, bir çalıya takılıp kaldı. Seyfi dişlerinin arasından:

— Yine koptu, vay ırzı kırık, dedikten sonra heyecanla kapı penceresinden içeri çekildi. Koltuklara çarpa çarpa Kenan'ın yanına vardı, eğildi:

— Usta...

— Ne var?

— Uçurtma koptu yine.

— Bıktım ulan senin bu uçurtmandan. Her sefer, her sefer...

— Dursan da gidip alsam usta.

— İşimiz acele, duramayız. Bak arabada hasta var.

— Ama uçurtma ne olacak?

— Bir tane daha yaparsın.

— Para yok. Bakkal Hamdi kâğıt vermiyor.

— Uzun etme. Ben söylerim verir. Al şu hayvanı, karnını doyur.

Kenan sertleşince Seyfi susar. Eğilip şoförün kucağındaki kediyi alır. Kedi bir iki debelenir, Seyfi'den kurtulur, sağa sola sıçrayarak koridor boyunca koşar, yolcular tedirgin olur. Bu curcuna Kenan'ı kahkahaya boğar.

Kuyumcu Nazım Efendi elindeki olgun domatesi uzun süre evirip çevirdi. İçinden yemek gelmiyor, atmaya çekiniyor, ne yapacağına bir türlü karar veremiyor, domatese bakıp duruyordu.

Derken domatesin kırmızısı gözünde büyümeye başladı.
Kendini boş ve penceresiz bir odada buldu.
Dar, upuzun bir masanın başına oturmuştu. Masa beyaz bir örtüyle kaplıydı.
Önünde bir beyaz porselen tabak, tabakta bir domates, elinde iri, parlak, keskin bir bıçak.
Ağır ağır domatesi kesmeye başlar. Domatesten akan kankırmızı su önce tabağı doldurur.
Nazım Efendi dehşet içinde tabağa bakmaktadır. Tabak kan gibi kırmızı sıvıyla dolar. Kuyumcu bıçağı masaya bırakır. Masanın beyaz örtüsü bıçaktan sıçrayan damlalarla lekelenir.
Dolan tabak taşmaya başlar. Kan gibi leke, örtüde ağır ağır yayılarak büyür. Öyle ki, bir süre sonra akan sıvı masadan aşağıya damlamaya, döşemede ilerlemeye başlar.
Nazım Efendi küçük bir çığlık atarak gördüğü

gündüz rüyasından silkinir. Yolcular bir an ona bakarlar. Adamın yüzü gözü ter içinde kalmıştır. Elinde heyecan ve sıkıntıyla sıktığı domates ezilmiştir. Onu tiksintiyle pencereden atar, mendilini çıkarır, terini ve elini siler. İçinde bir ses mütemadiyen "Yanlış yaptık, yanlış" diye çınlamaktadır.

Arkadaki beşli koltukta, jandarmalar arasında elleri kelepçeli oturan ve sürekli sigara içen mahkûm su ister.
Seyfi suyu getirir. Mahkûmun ilk kez konuştuğunu duyan köylülerden biri:

— Vukuatın nedir delikanlı, diye sorar.
— Kanlımızı vurmuşam.
Mahkûm da, köylü de, hatta belki jandarmalar da böyle sessiz-sedasız gideceklerine, bir bahis açıp konuşmaya can atmaktadır. Lakin bir sohbete mevzuat mani olur.
Jandarma:
— Yasaktır hemşerim, mahkûmla konuşmayın, der.

Hasta kadın inlemektedir. Fısıltıyla kocasına:
— Hiç iyi değilim İsmail, hiç. Canım çekiliyor. Off... Ağzım da kurudu.
Kocası:
— Üzülme... Tirene yetişeceğiz. Şehre varınca

doğru hastaneye. Dur sana su vereyim.
Ayakları dibinde duran küçük zembilden bir şişe su çıkarır, kadına içirmeye çalışır.
Doktor Yahya onları izlemektedir.
Kalkıp yanlarına gelir.
Yahya:
— Nesi var bunun?
— Bilmem ki beyim. Şehre, hastaneye götürün dediler, kalkıp yola çıktık ama...
— Aması ne?
— Durumu iyi değil, hiç dermanı yok.

Doktor kadının nabzına bakar, göz kapaklarını muayene eder, endişelenmiştir.
— Beni tanıdın mı sen. Ben doktorum, Hükümet Tabibi Yahya.
— Bağışla bey. Biz uzak köylerdeniz.
— Bu kadının kanaması var galiba. Sor bakalım büyük abdeste çıktığında kan geliyor muymuş...

Köylü utanır, kadının yüzüne bakar, kızarır.
Sonra kulağına eğilip fısıldar. Kadın başıyla tasdik eder.
Doktor:
— Kötü. Ne yapsak... İş Allah'a kaldı. Umarım vaktinde tirene yetişiriz...

Sonra kalkıp yeniden kendi yerine oturur.
Öğretmen merakla:

— Durumu ağır mı?
— Öyle... İstasyona yetişemez belki de...
Neşe başını uzatmış, kadınla kocasına bakmaktadır.
— Vah, vah... Zavallı kadın.

Beşir Ağa, tabakası ile ilgilenen Elizabeth'e üzerindeki eşyaları bir bir göstermektedir. Sigara ağızlığını uzatır:
— Bu da antikadır. Halep işi...
Ağaya heveslenen kâhya ise kehribar tesbihini göstermek ister:
— Bu da antik bayan, bu da antik.
Ağa onu tersleyerek susturur, kâhya bozulmuş, küskün bir ifadeyle başını iki yana sallayarak tesbihini cebine koyar.
Ağa:
— Madamayı rahat bırak oğlum.
Tesbih de tesbih olsa bari.
Elizabeth gümüş ağızlığı evirip çevirip kocasına göstererek:
— So nice, isn't it?*

Kemal ile Gül bayağı yakınlaşmış, sohbeti ilerletmiştir:
Kemal:
— Bu Amerikalılar bu civara sık geliyor mu?
— Bilmem, olabilir, meraklı insanlar.

* Çok hoş, değil mi?

— Başka bir iş çeviriyor olmasınlar.
Gül "ne demek istiyorsun sen" mânasına gelen bir bakışla bir an Kemal'e baktıktan sonra:
— Yoo... North ailesi çok muhterem insanlar. Hiç sanmıyorum.
— Amerikalı deyince orada duracaksın. Adamlar dünyaya hükmediyorlar.
Gül bu defa gülümseyerek Kemal'i iğneler:
— Kuzum siz solcu falan mısınız yoksa?
Kemal küçük bir kahkaha atar:
— Yok canım. Nerden çıkardınız bunu? Mühendisim dedim ya.

Seyfi arka kapının önünde basamağa oturmuş, derince bir tabağa süt koymuş, kediye içirmeye çalışmakta, araba sarsıldıkça süt tabaktan taşmaktadır.

Koto Bayram dört beş kilo çeken şişman bir çocuk olarak doğdu. Doğdu ve hikmet-i Hüda yoksul bir ailenin çocuğu olmasına rağmen öyle de büyüdü. Hep şişman yani. O yörede her şeyin şişmanına "kotto" derler, bunun da lakabı "kotto" oldu. Lakin yöre lisanında çift sesler çokluk teke indirildiğinden zaman içinde lakabı "koto"ya döndü. Şişmanlığından mıdır nedir, hep ağır kaldı, hareketsiz ve tembel. Ver yesin, ser yatsın hesabı. Boyu da uzamadı pek. Öyle tostoparlak bir şey.

Evlenip çoluk çocuğa karıştıktan sonra daha bir şişti, koca göbekli olup çıktı. Ana tarafından Deli Kenan'a akraba idiler. Karısı genç yaşta ince hastalıktan ölüverince iki yavru öksüz kaldı. Bayram'ın variyeti az, başında bir de yaşlı babası, zar zor geçinir olmuştu. Yeniden evlenmeye çıktı ya, kim alır bunu. İki çocuk, bir de ihtiyar cabası. Bu sebeple Kenan hiç de hazzetmediği halde ara sıra uğrar, yetimlerin başını okşar, yemelerine, giymelerine yardımcı olur. Bayram'ı da "Ulan yağ fıçısı, çalış da erit şu göbeği" diye azarlardı.

Bayram Kenan'ın eli açık olduğunu bildiği için bu azarlamalara ses çıkarmaz, hatta "Kenan abi,

Kenan abi" diye yaltaklanmayı ihmal etmezdi.

Kasabadan İstasyon'a giden yolun geçtiği dere kenarında bir tarlası vardı. Ekini biçmiş, harmanı kaldırmıştı. Güya harmandan arta kalan son kırıntıları, otu, çöpü toparlayıp bir çuvala doldurmak için kağnıyı koşup yeniden tarlaya gelmişti. Kırıntı çuvalı, tıka basa dolu ahlat ağacının dibinde duruyordu. Kağnı bir köşedeydi, boyunduruktan çözülmüş öküzler ahlatın gölgesine yatmış, geviş getiriyorlar.
Ortalıkta kimseler yok.
Kışın coşup, yazın suyu iyicene kesilen dere tarlanın az ötesinde, şoseyi ikiye biçip geçiyor. Eskiden bu geçitte Osmanlıdan kalma bir köprü vardı. İyi kötü idare ediyordu. Büyükler ne düşündülerse –meselâ bu köprü dardır, iki araba yan yana geçemez vb.– köprüyü yıkıp yerine yenisini yapmayı planladılar. İyi, yapsınlar, memleket âbad olsun. İyi de, köprü bir türlü ihaleye çıkamadı. Neden sonra çıktı ama bu defa da ihaleye fesat karıştı. Davalar açıldı, dosyalar tutuldu, günler seneler geçti, yıkılan köprünün yerine yenisi yapılamadı. Bu sebeple onca yolu tepip gelen Mavi Kuş her seferinde azalmış olsa da yine teker yarısına kadar çıkan sudan geçmek zorunda kalıyordu.
Evet, köprü işi böyle, biz Bayram'a dönelim.

O da ne!..

Ahlatın gölgesinde oturmuş, gözünü şoseye dikmiş sigara içen Bayram'ın yamalı pantolonu dize kadar sıyrılmış, çıplak ayakları çamur içinde. Bu bir yana, çuvalın yanında bir kazma ile bir de kürek.
Bu manzaranın harmanla samanla ne ilgisi var?
Çok yerinde bir soru. Eh, bekleyelim görelim.
Fazla beklemedik efendim. Mavi Kuş az sonra tozu dumana katarak ufukta belirdi.
Araba sökün edince Koto Bayram yerinde kıpırdandı, heyecanlandı.
Mavi Kuş geldi, geldi, yolu bilen, dereyi tanıyan kıvrılışlarla ağır ağır suya girdi, suyun tam ortasında kaldı. Ön tekerler belli ki bir çukura düşmüş veya çamura saplanmıştı.

Çırpındı, çırpındı çıkamadı.
Geri gitti, yana döndü, manevra üstüne manevra yaptı, gaza yüklenip egzozundan kıvılcımlar sıçrattı, bağırdı, çağırdı düştüğü çukurdan kurtulamadı.

Neden sonra en başta Seyfi, ardından Kenan arabadan çıkıp suya girdiler. Tekerin durumuna baktılar. Kenan hırsından bir iki tekme attı tekere, elbette ki peşpeşe küfürler sıraladı, sonra birden sakinleşti, birini arıyormuş gibi etrafına bakınmaya başladı, ahlatın altındaki öküzleri ve Koto Bayram'ı fark etti.
Ardından jandarmalar ile mahkûm, bir de hasta kadın ile kocası hariç, bütün yolcular ayakkabılarını çıkarmış, paçalarını sıyırmış birer birer araba-

dan indiler. Kadınlar, John ve doktor sudan çıkıp kenarda dikilirken, ötekiler yeniden Mavi Kuş'u çalıştıran Kenan'a yardım için arabayı sağından solundan arkasından epeyce uğraşarak itmeye, çukurdan çıkarmaya çabaladı.
Heyhat!.. Onlar çabaladıkça tekerlekler çukura daha çok gömülüyordu sanki.
Çaresiz ellerini bellerine dayayıp etrafa bakınmaya başladılar.
Hepsi ıslanmış ve yorulmuştu.
Kenan tekrar indi arabadan ve elini güneşe siper ederek ahlat ağacına doğru bakmaya başladı.

Koto Bayram ile öküzleri, Mavi Kuş ve yolcuları bir tepenin üzerinde yüzüstü yatıp kendilerini gözetleyen o iki kişiden habersizlerdi.
Şu bizim şalvarlı, silahlı iki kişi. Aralarında konuşmaya başladılar.
— Vay babo... Araba dereye düşmüş.
— Jandarmalar yoktur. İbo da yoktur.
— Onlar otobüsün içindedir.
— He öyledir.
— Vay dürzü vay. Neydek şindi.
— Anlaşıldı. Burda olmaz. Gidip hanağzında pusu kuralım.
— Eyidir. Hanağzında işi bitirek...

Adamlar böyle deyip sürüne sürüne, geri geri gidip aşağıda bekleyen atlarına bindiler, sürüp gittiler.

Koto Bayram Mavi Kuş'un durumunu keyifle izliyordu. Kenan'ın elini beline koyup etrafa baktığını fark edince; "İyi... Yevmiyeyi doğrulttuk yine" diyerek pantolonun paçalarını indirdi, çamura bulanmış lastiklerini giyip o yana doğru yürüdü.

Gitti, gitti, derenin beri başında durup seslendi:
— Kolay gelsin Kenan Usta.
Kenan'la birlikte suya dalmış yolcular bu sese döndüler. Kenan'ın kanı beynine sıçramıştı, ama tuttu kendini.
— Ooo... Koto Bayram ne işin var buralarda, harmanı kaldırmadın mı daha?..
— Kaldırdık sayende. Bir çuval kırpıntı kalmıştı, onu almaya geldimdi.
Beşir Ağa bir umutla Kenan'a yanaştı.
— Yahu bunun öküzleri buradadır. Madem tanışsınız bi desen de el atsa şu işe. Tirene yetişmemiz lazım, işimiz aceledir, içeride hasta vardır, deyip, sonra Kenan'ı dahi beklemeden kendisi Bayram'a doğru bir iki adım atarak bağırdı:
— Kardaş sen bilirsin. Arabada hasta vardır, tirene yetişmemiz lazımdır, vaziyet kötüdür. Şu öküzleri getir de çekip çıkaralım mereti.
Bayram isteksiz:
— İyi, lakin öküzler yorgun. Bilmem ki...
Ağa:
— Yahu ceremesi neyse çekeriz. Dara düştük, sende hiç din iman yok mu!..

Kenan'a döner:

— Şuna bir şey söyle, yoksa elimden bir kaza çıkacak. N'olur, hadi gözünün yağını yiyim Kenan. Tirene yetişemez isek ocağımız battı...

Kenan, Ağa'nın omzuna eliyle dokunarak onu sakinleştirir:

— Çırpınmayı bırak. Ben hallederim.

Ardından sudan çıkarak Koto Bayram'ın yanına varır.

Ağız ağıza verip aralarında konuşmaya başlarlar. Yolcular hareketsiz, büyük bir merak içinde neticeyi bekler.

Kenan:

— Ulan tosbağa, sana kaç kere dedim şu pisliği yapma diye. Madem para lazım oldu, haber sal göndereyim.

Koto alttan alır, Kenan'dan it gibi korktuğu bellidir.

— Seni bulmak ne mümkün Kenan Usta. Kasabaya da zırt-pırt gelemiyoruz. Sağa sola borçlandık.

Kenan adamın sözlerini hiç tınmayarak otobüsü gösterir:

— Bırak şimdi bunları, madem dereye hendek açıyorsun, biraz yufka tutar insan, ön takımlar berbat oldu. Hele şuradan çıkamayalım, bak ben seni şu suda boğar mıyım boğmaz mıyım?

— Kusura kalma, bu sefer ölçüyü tutturamadık.

— Konuşma, kes. Git şu öküzleri getir...

Bayram son bir gayretle yutkunarak:

— Para!..

Kenan tokatı indirmek üzereyken vazgeçer, elini Bayram'ın omzuna koyar, dişlerinin arasından küfreder gibi fısıldar:

— Çabuk öküzleri getir, yoksa gebertirim seni, yürü...

Bayram, zılgıtı yiyince düşe-kalka koşarak öküzlere doğru gider.

Kenan yolculara döner:

— Meraklanmayın, Bayram öküzlerini getiriyor, şimdi çeker çıkarırız.

Sonra yine suya girerek yolcuların yanına varır. Ağa'ya hitap ediyormuş gibi, ancak ötekileri de uyararak:

— Herkes elini cebine atsın. Adam fukaradır, biraz para toplayıp vereceğiz, kaytarma yok.

Para sözünü işiten köylüler Kenan'a duyurmamaya çalışarak aralarında fısıldaşırlar:

— İnsanlık ölmüş ağa.

— Yolda kalana yardım edilmez mi?

— Kim kimi kıstırdıysa soyuyor.

— Ne yapalım, vereceğiz, mecbur...

Kenan, Ağa'dan başlayarak yolcuları teker teker dolaşır, topladığı bozuklukları cebine boşaltır, Seyfi'ye döner.

— Yukarı çık küreği getir. Tekerin önüne biraz çakıl atalım.

— Olur usta.

Aşağıda bütün bunlar olup biterken, yukarıda Erol önce çekinerek, sonra meraklanarak, sepetle-

rin, çuvalların arasına başını gizleyip oradan manzarayı dikizlemektedir.
Seyfi'nin merdivene doğru geldiğini görünce hemen kendini brandanın altına atar, kaybolur.

Seyfi otobüsün üzerine tırmandıktan sonra doğruca küreğin olduğu yere, yani brandanın altına yönelir. Bir ucundan tutup kaldırınca Erol'la göz göze gelirler.
İkisi de ne diyeceğini şaşırmış, bir süre öylece bakışırlar. Neden sonra Seyfi:
— Sen de kimsin la? Ne işin var burada?
Erol yutkunur, bir yalan atar:
— Ben bu otobüsün muaviniyim.
Seyfi kafasını kaşır, eğilip küreği alır.
Anlayamadığı bir şey vardır.
— Ama... Muavin benim. İstersen ustaya sor.
Erol ilk heyecanı üzerinden atmıştır.
— Doğru. Sen de muavinsin. Ben de.
— O nasıl oluyor?
— Ben ikinci muavinim.
Seyfi yine kafasını kaşır; sağa sola bakınır, meseleyi kavrayamamıştır.
— Anlamadım bu işi... Neyse. Hadi aşağı gel. İşimiz var.
Erol:
— Yoo... Gelemem. Benim işim burada...
Seyfi, elinde kürek tam inecekken durur:
— Ne işi?

— Bagajları bekliyorum. Hırsız falan gelmesin diye.
Seyfi sırıtır, inanmıştır.
— Doğru lan. Tabii, hırsız...
Sonra parmağını tehdit mânasına Erol'a doğru uzatarak:
— Bana bak, bir şey çalınırsa hiç bakmam, çıranı yakarım.
Şişinerek:
— Ben birinci muavinim unutma.
Erol:
— Unutmam usta. Merak etme sen.
Seyfi bu "usta" sözüne bayılmıştır. Elinde kürek merdivenden inerken kendi kendine mırıldanır "Usta dedi bana, usta..."
O gidince Erol rahat bir nefes alır.
Oh be. İyi uyuttuk salağı, yoksa yarı yolda yakalanmıştık.
Bayram boyunduruk takıp öküzleri getirince çekme halatı ile Mavi Kuş'a bağlarlar. Kenan kürekle tekerlerin altına çakıl atar. Sonra çıkıp çalıştırır arabayı. Yolcular hep birden yüklenip iterler.
"Ha gayret, ha gayret" diye diye çukurdan kurtarıp Mavi Kuş'u karşıya geçirirler.
Herkes el-yüz yıkayıp yeniden yerine oturur.
Aşağıda Kenan ile Bayram kalmıştır. Kenan topladığı paraları Bayram'a verir.
— Bu kadar mı usta?
— Sana vermedik herhalde. Yetimlerin hakkıdır.

— Ama...

— Konuşma, tepelerim. Yakında gelip çocuklara bakacağım. Bir şikâyet işiteyim; aha şuraya yazıyorum (Elinin ayasına parmağıyla bir çizgi çeker) seni köy meydanındaki ağaca asarım. Böyle bil.

Bayram tırsmıştır.

— Meraklanma. Her zaman bekleriz, bir çorbamızı içersin.

Kenan son bir kez tembihatta bulunur.

— Bir daha kazma bu dereyi. Para lazım olursa gelip beni bulursun. Anladın mı, ha!..

— Anladım, yapmam bir daha...

Kenan güleyim mi, kızayım mı, kararsız:

— Ulan yapmam diyorsun, söz veriyorsun, sonra yine yapıyorsun, ne edeyim ben seni?

— Tövbe. Bu son...

— Hıh. Seninkisi tavuk tövbesi. Neyse, hadi eyvallah. Çocukların gözlerinden öperim, babanın ellerinden...

Dönüp arabaya atlar, gazlayıp Mavi Kuş'u uçurur. Bayram bir süre giden arabanın ardı sıra bakar. Sonra dönüp avucundaki paraları saymaya başlar.

Yol bir süre bu cılız dereyi takip eder.
Tepelerde susuzluğa dayanıklı ahlatlar, tek tük bodur çalı, ardıç. Aşağılarda vadi içinde, su boyunca bir yeşil şerit gibi uzayıp giden söğütler, kavaklar. Suyun çıkabildiği yere kadar derenin her iki yanında bostanlar.

Yolun bu bölümüne gelince bostancılar Mavi Kuş'un önüne çıkar; Kenan'a kavun-karpuz, domates, salatalık, çok sevdiğini bildiklerinden yeni biçilmiş maydanoz ikram eder.
Kenan hiçbirini geri çevirmez. Bir kısmını yarı yoldaki Hancı Hasan'a, bir kısmını İstasyon'daki görevlilere, demiryolu çalışanlarına, geride kalanları kasabaya götürüp fakir-fukaraya dağıtır. Maydanozları çokluk kendi yer, nereden duymuşsa etrafındakilere "Yiyin ağalar, çok faydalıdır, idrar söktürür" diye ikram eder.
Bakarsınız civar köylerden birinin davar sürüsü yolu keser. Hayvanların melemesi, çıngırak sesleri, köpek havlamaları, çobanların ıslıkları birbirine karışır; derken sürü şoseyi geçip karşı tepelere yayılır.

Onlar dahi Kenan'ı boş geçirmez; sütten, ayrandan ne var ise, habire taşıyıp dururlar.

Bu sefer de öyle oldu.
Çobanlardan biri bir bakır güğüm ayran getirdi ve bir de kalaylı bakır maşraba.
Haliyle şehirli olanlar bu herkesin peş peşe yıkanmadan içip iade ettiği maşrabadan ayran içmeyi reddettiler. Köylüler sıcağın verdiği hararete birebir olan serin yayık ayranından içip bıyıklarını ellerinin tersiyle siliverdiler.
Elizabeth bol bol fotoğraf çekti.
Neşe suratını buruşturdu.
Doktor kanyağını yudumladı.
Ayran en çok sigaradan dili-damağı kurumuş, ağzı zehire kesmiş mahkûma yaradı. "Hele bi tene daha doldur gardaş" diyerek Seyfi'nin uzattığı maşrabayı döke saça devirdi.
Ayran faslı bitince Mavi Kuş'un içinde sigaralar yenilendi, sohbet koyulaştı.
Bay ve Bayan North kendi aralarında, Kemal ile Gül birbirleriyle konuşuyordu.
Kemal:
— Biz madenciler ile siz arkeologlar arasında tuhaf bir benzerlik var.
— Ne gibi?
— Her iki meslek de toprağı kazmaya dayanıyor. Biz de kıymetli şeyler buluyoruz, siz de...
— Ama arada önemli bir fark var.
— Nedir?

— Bizim bulduklarımız çoğunlukla sanat eseri.

Tilki suratlı esansçı yanındaki köylüye eski bir kâğıda kargacık-burgacık çizilmiş, üzerinde bazı garip işaretler bulunan bir haritayı, definenin yerini gösteriyor diye yutturmaya çalışıyordu.
— Bak efendi... Şimdi şu işareti görüyon mu?
— Hee... Görüyom.
— İşte orası sizin Virankale...
— Bağlarüstündeki kale mi?
— İyi bildin... Tam orası...
— Ey... N'olmuş Virankale'ye...
— Virankale mühim efendi... İşin başı bu kalede... Tâ Ciniviz zamanından kalma...
Şimdi Ciniviz'in padişahı hazinesini yığmış ha yığmış. Öyle ki, kervan götürmez bir hazine...
— Deme yahu!...
— Ne sandın ya!...
— Ee... Sonra...
— Sonrası bu Ciniviz'in üstüne İslâm askeri sürüp gelende, herif kaçacak delik aramış. Ee... Ne de olsa can tatlı... Lakin hazineyi yükleyip götürecek vakit kalmamış. Gün gelir lazım olur diye vaktiyle kale burçlarının dibine kırk merdiven ile inilen bir mahzen hazırlamış imiş.
— Sen şu Ciniviz'deki akıla bak... Hani ne olur ne olmaz diyerek...
— Öyle tabii... Ne olur ne olmaz diyerek... Ağa bunlar İslâm askerinin önünden kaçarken hazine-

yi bi tamam bu kuyuya indirmişler.
— Yok yahu...
— Ne sandın ya... İşte harita. Kalenin burcundan elli adım şimale gidiyorsun... Bak işte şu istikamete doğru...
Köylü esansçıya doğru eğilir, sesini alçaltarak:
— Yahu hemşerim... Madem iş böyle... Şu meselenin bir kolayına baksak. Hani aramızda kalacak bir iş... Gecenin bir münasip vaktinde, kazma küreği kapıp...
Esansçı pazarlığın altyapısını hazırlamak üzere işi yokuşa sürer:
— Yoo... O kadar kolay değil efendi... Bir kere kaçak kazı yapmak yasak... Cezası çok ağır...

Beri yanda bu defa Murat'ın eşi Neşe, doktora dert yanmaktadır.
— Doktor Bey dinleyin de bana hak verin lütfen... Bin bir hayal ile kalkıp tâ İstanbullardan geldik. Hani şirin bir yurt köşesidir diye...
Doktor:
— Adı üstünde Şirinyurt ya!..
— Ah... Tabii... Öyle, öyle... Aman efendim bir okul binası var, afedersiniz sanki ahırdan bozma... Araç-gereç hak getire. Bizim kalacağımız evin altı ahır... Aman bir koku, bir koku, insanın midesi kalkıyor.
Murat bu arada söze karışır:
— Hepsi düzelecek... İnanın tahsisat çıkarıldı, bugün yarın keşfe gelecekler. Ama Neşe Hanım

inanmıyor. Öğretmen lojmanı bile düşünülüyor...
Doktor:
— Yahu Murat Bey, yirmi yıldır şu kasabadayım, benim bile lojmanım yok, güldürmeyin adamı...
Murat:
— Ama efendim, biz çalışmazsak, siz çalışmazsanız nasıl kalkınacak bu ülke... Herkes böyle bırakıp kaçarsa...
— Çalışmakla düzelecek demek ha!... Güldürmeyin beni genç dostum... Bizi bu dağ başında unuturlar efendim... Unuturlar.

Bir silah sesi duyulur.
Silah sesi derelerde, tepelerde yankılanır.
Mavi Kuş "zınk" diye durur.
Herkes telaşlanmıştır. Seyfi, Kenan, doktor, bazı köylüler kayıtsıztır. Sesler birbirine karışır.
— Hah... Avcı Bilal bu.
— Tam da zamanını buldu.
— Arabada deli az sanki, bir tane daha geliyor.
— Avcı Bilal de kim yahu?
— Eşkıya falan olmasın.

Sonra sessizlik. Kimse kıpırdamaz. Herkes gözlerini ileriye, yolun kıvrıldığı yere dikmiş beklemektedir.
Az sonra, yolun kıvrımında; elinde tüfek, belinde fişeklik, yakasız mintan, kilot pantolon, ayağında çizmeler, omzunda bir heybe, yanında köpeği ile Bilal belirir.
Eh, Kenan'ın boyunda, yapılı, karayağız bir adam. Hani gülse bile gözlerinin hüznü ebedi yerinde duran bazı felek vurgunu adamlar vardır; onlardan biri.
Otobüs ilerler, Seyfi'nin açtığı ön kapıdan Bilal ile

köpeği girer. Bilal yolculara;
— Merhaba millet... Uğur ola, diye selâm verir.
Kenan:
— Merhaba Bilal... Nasılsın?
— İş yok. Sabah beri dolanıyorum, daha bir tavşan bile kaldıramadık.
Kenan:
— Kuruttun ulan buraları, tavşan mı bıraktın.
Bilal acıyla gülümser, lafı değiştirir:
— Hasan'ın hanına kadar gideceğim, fenerin pili bitmiş.
Sonra hemen oracığa, bir ağacın gölgesine oturuyormuş gibi, şoför koltuğunun yanındaki alçak iskemleye kurulur. Köpek de merdiven boşluğuna yerleşir.

Öğretmen Murat, doktora Bilal'i sorar:
— Afedersiniz efendim. Bu adamı tanıyor musunuz?
Doktor:
— Elbette. Bütün bu yörede tanınır. Dağ taş demez dolaşır.
— Av peşinde...
Doktor gülerek:
— Yok canım... Onlar mizansen.
— Avcı değil mi yani...
— Avcı, avcı da... Avlanmayan bir avcı. Bakın ben size başından anlatayım hikâyeyi...

Gün alçalmış, hava serinlemiştir. Mavi Kuş ekime

elverişli olmayan, çorak, geniş mi geniş bir düzlükte, dümdüz giden yolda ilerlemekte; tekerlerden gelen ses bir ninniye dönüşmektedir.

— Bilal kasabanın ileri gelen ailelerinden birinin çocuğu. Bu Deli Kenan ile birlikte büyümüş, birlikte okula, askere gitmişler. Çok yakınlar yani. Öyle ki, birbirlerinin evine teklifsiz giriyorlar, yatıya kalıyorlar. Tabii Kenan'ın ailesi fakir olduğundan, yeme içme daha çok Bilal'in baba evinde gerçekleşiyor. Oyunda, güreşte bunları yenebilen yok. Avcılıkta, atıcılıkta Bilal ileride. Ava çok düşkünmüş genç iken. Kenan'la dağlara geyik avına gider, günlerce dönmezlermiş. Uçanla kaçan kurtulamıyor ellerinden, bir nevi tutku.

Kenan şoförlüğü askerde öğreniyor. Dönerken Bursa mı, Ankara mı, bir yerde buluyorlar bu arabayı, birlikte alıyorlar. O güne kadar kasabada otobüs yok; millet istasyona at sırtında, katır sırtında gidip geliyor.

Birlikte alıyorlar dediysem, aslında Bilal Kenan'a bir koltuk çıkıyor, çocuk bir iş sahibi olsun diye. Böylesi bir arkadaşlık onlarınki.

Neyse uzatmayalım.

Bilal yakın köylerden bir kıza sevdalanıyor. Kız da istiyor onu. Hani ne derler, kırk gün kırk gece masal gibi bir düğünle evleniyorlar.

Kırsal muhitte bilirsiniz çocuk çok önemli. Bir yıl, iki yıl, derken sürmeli gelinin bir türlü çocuğu olmuyor. Bilal'in başı yerden kalkmıyor. Doktorlar, hocalar kâr etmiyor. Evliliklerinin beşinci senesi mi, altıncı senesi mi kadın hamile kalıyor. Tabii bir bayramdır bu. Bilal karısını kuş sütü kuru üzüm ile beslerken; kaynana, kaynata, görümceler gelinin elini sıcak sudan soğuk suya sokturmuyorlar.

Derken beklenen gün.

Kasabanın eli uğurlu, ağzı dualı bütün ebe karıları toplanıyor. Doğum ha oldu, ha olacak.

Bilal kahvede kehribar tesbihi şaklata şaklata bir oturup bir kalkıyor. Gözü yolda, gelecek müjdeyi bekliyor. Onunla birlikte sanki bütün kasaba bekliyor. Çocuklar doğum müjdesini Bilal'e yetiştirmek için konaktan kahveye bi koşu tutturuyor, nefes nefese "Avcı Bilal, Avcı Bilal, bir oğlun oldu" diye haberi yetiştiriyorlar.

Bilal sevinçten deliye dönmüş, silahını çıkarıp üç beş mermi sıkıyor havaya; onunla ahbap olanlar da basıyorlar mermiyi. Ardından çocuklara avuç avuç para saçıyor.

Buraya kadar iyi, ama hikâyenin bundan sonrası anlatılmak için bile çok acı. Kısa keseyim.

Çocuk ölü doğuyor, anası dahi bu güç doğum üzerine can veriyor. Artık kim bilir ne sebeple.

Matemin derecesini düşünebiliyor musunuz; sevinçle kederin böyle üst seviyede peş peşe gelmesini.

Bilal kafayı yemesin de ne yapsın.

Ana ile oğulu yan yana gömüyorlar. Bilal uzun bir süre canlı cenaze gibi hiç konuşmadan dolaşıyor etrafta. Aile, komşular bu defa onun derdine düşüyorlar, oğlan elden gidecek, gözlerinin önünde mum gibi eriyecek.

Kenan onu yeniden ava teşvik ediyor.

Hatta kız gibi pırıl pırıl yeni bir çifte getirip hediye ediyor; bir de eşi bulunmaz cins bir köpek. Tekrar ava başlasın da derdini unutsun diye. Bilal kendini o onulmaz keder içinde kaldırıp dağa taşa atıyor, bildiğiniz Leyla'sını arayan Mecnun gibi. Fena da olmuyor hani. Tabiat tedavi edicidir; kendine geliyor biraz, konuşmaya başlıyor.

— Avcılık devam ediyor mu?

— İşin ilginç tarafı burada.

O yılların acar avcısı, tüfeğini bir kekliğe, bir tavşana doğrultmaya görsün, mümkünü yok tetiğe basamıyor. Dünyanın bütün çiçekleri, çocukları bir bir gözünün önünden gelip geçiyor. Ölen oğlu sesleniyor sanki: "Vurma baba vurma, yazıktır" diyor.

— Çok enterasan...

— Ya... Öyle... Garip bir hal geliyor adamın üzerine. Elde tüfek, belde fişeklik geziyor ama, o gün bugün canlı olan hiçbir şeye kurşun atmıyor. Ara sıra tüfek pas tutmasın diye taşa, kayaya sıkıyor, o kadar.

— Az önce tavşan falan dedilerdi.

— Bakma sen, şakalaşıyorlar. Kendisi avlanmadığı gibi bu dağlarda avcı barındırmaz, kimseye izin vermez. Onun korkusundan kimse ava gidemez olmuş. Adı deliye çıkmış ya, bir nevi umum dağlar padişahı.

Neşe:
— Çok üzüldüm adama... Tam bir halk hikâyesi anlattığınız. Böyle şeyler filimlerde olur derdik, demek ki hayatta da oluyormuş.
— Evet. Avcılık bir yana, Bilal artık kurdu kuşu doyuran biri. Yaralı hayvanları tedavi eder, karda kışta yem bulamayan yaban hayvanlarına yiyecek taşır. Gece-gündüz demez dolaşır. Köylüler, çobanlar çok sever onu; hele çocuklar, şimdi biraz sabredin, silah sesini duymuşlardır, nerdeyse ortaya çıkarlar.

Bu arada Seyfi, ustaların muhabbetine dahil olmak için ileriye şoför mahalline gitmiştir. Oracığa çöküp oturmuştur. Neden sonra bütün cesaretini toplayıp seslenir:
— Usta!
— Ne var!
— Ya usta, sen bir muavin daha almışsın!..
Kenan neşeli, Bilal'e göz kırpar.
— Ne muavini lan.
— Basbayağı bir çocuk, yukarıda bagajda.
Bilal:
— Nasıl bir şey?
Kenan:

— Sarı mı, kara mı?

Seyfi alınmış gibidir.

— Ne yani, inanmıyor musunuz? Vallahi gördüm be usta. Hani derede kürek almak için yukarı çıkmıştım ya.

Kenan:

— Eee...

— Baktım çadırın altına uzanmış yatıyor, kara kuru bir oğlan.

Bilal ile Kenan kahkahayı basar.

Kenan:

— Bu çocuğu işte bunun için seviyorum. Durur durur, öyle bir şey söyler ki, güldürür adamı.

Mavi Kuş bir virajı döndüğünde birkaç köylü çocuğu ile karşılaşır. Civarda hayvan otlattıkları belli olan bu çoban çocukları bir urganın üzerine kır çiçekleri dizmiş, urganı yola yatırmışlardır.
Otobüs yaklaşınca çiçekli urganı iki ucundan gererek arabanın yolunu keserler. Hani gelin arabasının önüne çıkıp bahşiş isteyenler gibi.
Bu arada hep bir ağızdan bağırırlar:
— Avcı Bilal bir oğlun oldu...
— Avcı Bilal bir oğlun oldu...

Bilal ile Kenan birbirine bakar, acıyla gülümser, sonra ellerini ceplerine atarak bozuk para çıkarırlar.
Biri bir pencereden, öteki öbür pencereden çocuklara doğru saçarlar.
Çocuklar alt alta, üst üste paraları kapmak için çabalarken Mavi Kuş uzaklaşır.
Yabancı yolcuların gözleri çocuklarda kalmıştır.
Doktor Yahya öğretmen ile eşine döner.
— Söylemiştim size. Bu Bilal birkaç nesil sonra efsane gibi anlatılır artık.
Neşe'nin gözleri nemlenmiştir.

— Haklısınız, der.

Esans satan adamla köylünün define haritası üzerindeki pazarlıkları kızışmıştır. Ömrü böyle yollarda, hanlarda, tirenlerde, otobüslerde geçen esansçı elbette ki insan sarrafı olmuştur. Saf gibi görünen köylülerin nasıl birer çarıklı erkânı harp olduklarını, yaş tahtaya kolayına basmadıklarını, söz meydanını muhataplarına terk ederek onları sonuna kadar dinlediklerini, bu arada meselenin ek yerlerini bulduklarını bilir. Köylü milletine saf diyen aldanır ki, dipten doruğa çıra gibi yanar.
Peki, bu kadar tecrübeli olan esansçı neden ısrar ediyor, niçin adamı faka bastırmaya çabalıyor. Onunkisi beleşine oynanan bir kumar. Şansını deniyor; ola ki zar düşeş gele.
— Bak şimdi ağa. Ben ortaya definenin haritasını koymuşum. Madem ortağız, sen ne koyacaksın? Bari biraz para koy.
— Bakkal dükkânı mı açıyoruz kokucu. Eğer işe girer isek, ben öne düşeceğim. Sen ne bilirsin Virankale'yi. Bir defa kılavuz ben oluyorum. Sonra eşek, çuval, kazma, kürek, fener, azık hep benden.
Asıl sen ortaya bir miktar para koymalısın.
— Yahu harita olmadan para ne işe yarar.
— Orasına karışma, bak saydım geldim. Onca âlet edevat. Ben olmasam bu harita neye yarar, hiç, bir kâğıt parçası.

— Valla sen bilirsin, harita elimde olduktan sonra bana ortak mı bulunmaz. Başına talih kuşu kondu haberin yok.
— Orası belli olmaz. Talih kuşu mu, bok kargası mı bilmiyoruz. Gittik kazdık diyelim, çıkacağı ne malum.

Laf uzuyor, yol uzuyor, telgrafın tellerine kuşlar konuyor, herkes sevdiğine yanıyor, doktorun gözü ikide bir hasta kadın ile kocasına kayıyor.

Ne yapmalı?
Yapacak bir şey yok.
En kötüsü de bu.

Bilal'in avcı gözleri bir ara tâ uzaklarda hareket eden iki karaltıya takılır. İşkillenir, dikkatlice izler, bakışlarını hareket halindeki noktalardan ayırmaksızın:

— Kenan, karşıda iki adam var.

— Hani nerde, göremedim.

— Kel tepenin altında; bak, bak...

— Evet, avcı bunlar galiba, omuzlarında tüfek var.

— Vay ırzı kırıklar vay. Ben size gösteririm. Bas gaza, bas... Şu yokuşu çıkalım, yetişiriz.

Konuşmaları duyan, karaltılara bakan ön sıralardaki yolcular da heyecanlanır. Kenan Mavi Kuş'u gazlar gazlamasına ya, zavallı tüyleri dökülmüş kuşun daha hızlı gidecek mecali yoktur. Yokuşu zar zor tırmanır, su kaynatmasına ramak kalmıştır.

Yokuşun başında duran arabadan önce Bilal atlar. Pardon, köpek daha önde çıkar, havlayarak karaltılara doğru atılır, peşinde Bilal.

Onların ardı sıra Kenan koşmaya başlar, en arkada ise Seyfi.

Arabadakiler şaşkına dönmüş, ne olduğunu tam olarak kavrayamamışlardır.

Ancak Beşir Ağa konuşmaları duymuş, meseleyi anlamış olduğu için biraz geç kalmakla birlikte o da arabadan iner, beş on adım attıktan sonra bas bas bağırmaya başlar:

— Ulan deli deyyuslar nere gidiyorsunuz? Geri dönün... Geri dönün...

Kâhya da inmiş, ağasına yetişmiştir.

— Ne oldu ağam?

Ağa kâhyanın omzuna yaslanır, ağlayacak gibidir.

— Ulan ben size gösteririm. Bunca yolcuyu burada koyup... Şikâyet edeceğim... Anam avradım olsun şikâyet edeceğim. Kaymakama, valiye, tâ Ankara'ya kadar...

Etmez isem yuh ervahıma...

Dikilir, yeniden gidenlerin ardı sıra bakar.

Tepedeki karaltılar köpeğin havlamasını duyunca durmuş, bir süre kendilerine doğru koşanlara bakmış, sonra işin ciddiyetini anlamış olmalılar ki, tabanları yağlayıp kaçmaya başlamışlardır. Öyle ki, arkalarından kurşun atsan yetişmez.

Kemal de inip ağa ile kâhyanın yanına gelmiştir.

— Ne oldu acaba? Niçin gittiler?

Ağa fotörünü çıkarıp dizine vurur.

— Deli Bilal avcıları gördü ya, peşlerine düştü.

— Neden, ne alakası var.

— Öyle deme bey. Bu delinin izni olmadan bu

dağlarda değil avcı, kuş bile uçamaz.
— Peki onu anladık, şoför niye gitti.
Ağada küfürün bini bir para:
— O ötekinden deli. Kaldık delilerin arasında. Tireni kaçıracağız. Öldük, mahvolduk.

Arabada ise John Gül'e dert yanmaktadır:
— Scandal... I haven't seen anything like that.*
Elizabeth:
— Stopped again... Where did these guys go?**
Gül:
— Don't worry, sir. They'll be back soon. I don't understand anything indeed.***

Doktor neşelidir. Murat'a eğilir:
— Siz bunların nesini gördünüz daha. Ben yirmi yıldır bu araba ile gider gelirim. Bir keresinde bu Kenan ne yaptı biliyor musunuz?
Murat:
— Ne yaptı?
— Yarı yoldan geri döndü, kasabaya.
Neşe:
— Ne olmuş kaza falan mı?
Doktor basar kahkahayı:
— Yok canım, kedisini unutmuş.
Neşe doktorun boğula boğula gülmesine bakar,

* Rezalet... Böyle bir şey görmedim.
** Durduk yine... Bu adamlar nereye gitti?
*** Merak etmeyin efendim. Şimdi dönerler. Doğrusu ben de bir şey anlamadım.

sonra kocasının kulağına eğilerek:
— Bu doktor da sağlam ayakkabı değil...

Kemal bir taşa oturup sigara yakmıştır.
Ağa ile kâhyası çömelmişler.
Kemal:
— Bunlar hep böyle midir?
Ağa:
— Ne sandın ya... Kasabalı ne çekiyor bunca yıldır... Şeytan diyor bir araba al, koy şu yola gidip gelsin.
— İsabet olur. Koca kasabada bir tek otobüs... O da dökülüyor. Yazık bu insanlara...

Gidenler yorgun argın dönmektedir. En önde Bilal'in köpeği.
Kenan Bilal'in sırtına bir şaplak atar:
— Yaşlanmışız be... İki koştuk, nefesi kıçtan almaya başladık.
— Öyle... Yetişemedik. Ama olsun. Bu korku da onlara yeter. Bir daha buralara ayak basamazlar.

Onları gören ağayla kâhyası da ayaklanmıştır. Beşir Ağa söylenmeye devam eder.
— Hele şu rezillere... Şeytan diyor ki, al elinden tüfengi, şuracıkta hepsini kurşuna diz.
Kâhya:
— Haklısın ağam. Bunları domdom kurşunuyla vurmalı.
Ağa yere hırsla tükürerek, fotörünü giyer.

— Sana söz... Ben de bunları bu kasabadan sürdürmez isem... Hele şunlara... Ulan reziller, sallanmayın, çabuk gelin. Allah'ın delileri...
Eliyle işaret ederek bağırır:
— Koşun be! Çabuk, tireni kaçıracağız. Koşun hadi...

Kenan, Bilal, Seyfi aralarında konuşup şakalaşarak ve Beşir Ağa'ya hiç aldırmayarak, hiçbir şey olmamış gibi gelir, arabaya binerler.
Mavi Kuş ağır ağır kalkar, artık iyicene alçalmış güneşe doğru yol alır.
Uzaktaki tepelerin üzerinde iki atlı, heykel gibi hareketsiz, tozlu yolda ilerleyip küçülen, bir yokuşun ardında kaybolan otobüse doğru bakarlar.

Otobüs tırmandığı tepeyi aşınca uzaktan han görünür. Bozkırın ortasında bir top yeşillik. Yol dereyle hanın arasından geçmektedir.

Düz toprak damlı, tek kat bir kerpiç bina. Ufak pencereler, arkası ahır, ahırın gerisi sebze bahçesi. Bahçenin çevresine çalıdan çit çekilmiş. Gübre yığınları, çöplükte eşinen tavuklar, bir iri yaşlı köpek.

Hanın önü dereye bakıyor.

Bir yanda su tulumbası. Tulumbanın yalağından akan su boyunca dizili kavaklar. Birkaç söğüt, bir de iri dut ağacı. Dut kuşları ağaca yumulmuşlar, bulut gibi bir konup bir kalkıyorlar.

Dut iyidir, hoştur da, dibi bakım, temizlik ister. Bilirsiniz, olmuşu şerbetlidir, dibine düşer ve etrafı pisletir. Sürekli silkip meyvesini toplayacaksın, dibini süpüreceksin, yoksa sinekten, tavuk pisliğinden geçilmez.

Bu Hancı Hasan yaşlı.

Karısı ondan yaşlı.

Belki de gençtir ama; zavallı o kadar çile çekmiş, dert, iş, yalnızlık, hastalık görmüş ki, neredeyse

beli bükülmüş. Sağa sola bakacak, hele ki etrafı silip temizleyecek hali kalmamış.
Çocukları kâmilen gurbette.
Kavakların gölgesinde tahta sandalyeler, üzerleri yağmurdan, yaştan haritaya dönmüş yaşlı kaba ahşap masalar.
Sebze bahçesinde sözüm ona maşaralar.
Domates, hıyar, soğan, maydanoz vesaire.
Anlaşılan tulumbadan su çekip sulanarak kotarılmış. Yeterli su verilmediğinden güneş altında kuruyup kavrulmuşlar. Sade soğanlar işe yarar durumda.

Ulan Hancı Hasan!
İnsan buraya birkaç meyve fidanı dikmez mi? Şöyle elma, armut, şeftali. Hatta belki de ceviz. Ceviz susuzluğa dayanır. Fidan iken birkaç yıl suyunu vereceksin, hele bir köklensin, ayakları üstüne basar hale gelsin ondan sonrası kolay, yağmurla bile idare eder. Kırşehir-Kaman'da vardır böylesi ceviz. Bir dik, gerisine karışma, evladiyelik.
Hem uzun ömürlü ulu bir ağaçtır, kerestesi makbuldür, yaprağı da ne güzel kokar. Sade gölgesinde fazla oturmayacaksın, iyi değildir derler.
Hancı Mavi Kuş'un ne vakit gelip geçeceğini bildiği için kuru fasulye, bulgur pilavı, ayran ve saladan ibaret yemeği hazırda tutar. Karısı tuvaleti, lavaboyu yıkar, sürahilere su doldurur. O gün handa civar köylerden gelip iki keçi, üç koyunu

ile otobüsü bekleyen bir de köylü var. Davarları istasyona götürecekmiş, nasıl götürecekse. Hancıya anlattığına göre Erzurumlu bir celebe külliyetli davar satmış, parasının bir kısmını almış, bir kısmı kalmış. Şimdi tirene yetişecek ki, hayvanları teslim etsin, geri kalan parasını alabilsin.

Güneş çekilip gitmiş, batmaya bir mızrak boyu kalmış, etrafa akşam serini yayılmış, dereden yana kurbağa sesleri geliyor, yaşlı köpek yattığı yerden kafasını kaldırmış, kulaklarını dikmiş, uzaklardan gelmekte olan otobüse bakıyor.
Ve Mavi Kuş toza toprağa bulanmış, takati kesilmiş, motor kapağından buharlar fışkırtarak virajı dönüp hanın önüne yanaşıyor.
İlk Seyfi atlıyor arka kapıdan, elindeki takozu arka tekerin arkasına yerleştiriyor. Sonra yolcular; başlarını, bellerini tutarak, uyuşan bacaklarını oğuşturarak teker teker iniyorlar.
Bilal'in iti ile hancının iti birbirine doğru seğirtiyor; bir süre birbirlerini kokladıktan sonra anlaşıp yan yana uzanıyorlar.
Öncelikle tulumbanın başı kalabalıklaşıyor. Bir kısım yolcular tuvaletin önünde kuyruğa giriyor.
Kenan, Seyfi ve ağa otobüsün başındadır. Belli ki, radyatör su kaynatmış. Kenan elinde bir kirli havlu çekinerek uzanır, radyatör kapağını açmaya çabalar. Eli yanacak kadar olmuştur ama bildiği bir şey; kapağı kaldırıp aniden geri çekilir. Kaynar

su iyice azalmış, fokurdamaktadır.
Kâhya bizatihi içeri girip çıkarak ağanın masasını hazırlar.
Elini yüzünü yıkayıp ferahlayan yolcular birer ikişer masalara yönelirler.

John, Elizabeth, Gül ve Kemal bir masadadır.
Doktor, öğretmen ve eşi öteki masaya yerleşir.
Zaten başka masa da yoktur.
Köylüler bir söğüt gölgesinde çayıra çökmüşlerdir. Ancak define haritası için pazarlığı sürdüren esansçı ile aynı koltukta gelen köylü onlardan az öteye oturur. Hâlâ konuşmaktadırlar.
Jandarmalar mahkûm ile birlikte kavakların dibine ilişirler.
Avcı Bilal herkesten ayrılmış, sanki akşamın hüznünü doya doya içine çekmek için en uçtaki kavağa kadar gitmiş, sırtını kavağa dayayıp bir ayağını uzatmış, ötekini dikmiş, dağların ardına çekilen güneşten arta kalan kızıllığa dalmıştır.
Az sonra köpeği de gelip yanına uzanır. Bilal öyle dalgın, bir eliyle köpeğin başını okşar.
Erol brandanın altından başını çıkararak yine aşağıda ne olup bitiyor diye bakınmaktadır. Hem susamış, hem de acıkmıştır. Az sonra hancı ve karısının gelenlere yemek taşıdığını görünce, o da yufkaya sarılı tulum peynirinden oluşan azığını çözüp yemeye başlar. "Ah ulan bir bardak da su olaydı" diye söylenmektedir. Peynirin tuzu içini

yaktıkça daha beter susayacak, yine köylülerin meyve sepetlerine saldırıp elma-armut ne bulursa mideye indirecektir.

Kuyumcu elindeki valizle tuvalete yönelmiştir.

Otobüsten en son hasta karısını sırtında taşıyan köylü iner, doğruca hana girer ve duvar diplerini boydan boya kaplayan tahta kerevetlerden birisine karısını oturtur. Su getirip kadının yüzünü yıkar, belki bir iki lokma bir şey yemesini de isteyecektir ama kadın bitmiştir artık, kerevete uzanır. Zar zor duyulacak bir zayıf sesle:
— Sen ye, benim hiç iştahım yok, der.

Han dikdörtgen bir oda. Epeyce büyük olduğundan birkaç tomruk ile tavana destek verilmiş. Tavan tahtaları, duvarlar yılların isi dumanı ile kapkara. Duvarlardan birinde sararıp solmuş bir BCG aşısı afişi, ötekinde kirli bir ayna. Aynanın yanında Mareşal Fevzi Çakmak'ın çerçeveli bir fotoğrafı.

Kapının karşısına gelen duvarın önü mutfak. Yani bir ocak, bir büyükçe kuzineli soba, sobanın üzerinde iki büyük yemek tenceresi, çay demliği, raflarda bakır kaplar, su küpü, testiler, sürahiler, bir yanda el yıkamak için bir lavabo, üzerinde musluklu gaz tenekesinden yapılıp duvara raptedil-

miş su haznesi. Bütün bunların önü tahta tezgâh. Bir tezgâh da buna doksan derece dayanmış, o da öteki duvarın önünü kesiyor. O duvar da yarı yarıya rafla kaplı.
Orak, tırpan, zincir, urgan, çivi kutuları, nal mıhları, kapı menteşeleri, balta ağzı, keser, kürek, kürek sapı, DDT sandığı, boya, bir nevi ufak çaplı nalburiye.
Onlara bitişik raflarda manifatura, kaput bezi, diril, patiska, pazen, basma topları, yazmalar, tülbentler, kukalar, iplik iğne, ayna tarak, bıçak, jilet, tesbih, lamba pili, ağızlık, tabaka, tütün, hazır sigara vesaire. Mutfağa yakın raflarda gıda paketleri, makarna, şehriye, pirinç çuvalı, bulgur, fasulye, nohut, bisküvi, helva kutuları, lokum, kâğıtlı şeker, halkalı şeker, toz şeker, kelle şeker, kavanoz içinde lohusa şekeri, çay, birkaç tane gaz lambası, bardak, tabak, fincan tepsisi, züccaciye.

Bu bakkal-nalbur karışımı yerin önünden itibaren bir kerevet de aynalı duvarın dibinde uzanıyor.

Kışın bu salonun ortasında iri bir soba yanar. Yola devam edemeyen yolcular üzerlerine birer şilte serilmiş olan kerevetlerde tahtakuruları ile cenk ederek uyumaya çalışırlar. Hancının kendine mahsus odası bu salona açılan bir kapı ile mutfak tarafındadır. Küçük bir oda, bir yatak, yorganlar, kilimler, çamaşır yığınları, sepetler, karton kutularla karmakarışık.

Bir yanda yığılı un, şeker, tuz çuvalları; gaz yağı tenekeleriyle bir nevi depo.

Ahırı, mereği, ahıra yakın tuvaleti ile han denilen kim bilir kaç asırlık oluşumun son ve kötü örneklerinden biri işte.

Kuyumcu Nazım Efendi el yıkamak için lavaboya yöneldi, yeşil sabunu aldı, musluğu açtı; cıl-cıl akan suya tuttu ellerini. Bir yanı kırık ve içi zamanla sararmış olsa da beyaz bir lavabo idi bu. Kuyumcu bu beyazlığa daldı, daldı.
Musluktan akan su zamanla koyulaşıp kan rengini aldı. Kuyumcu ellerini kanla yıkadığını sandı. Dipten-doruğa tere battı. Kendini nefes nefese dışarı attı.
Valizine sarılıp bir duvar dibine çöktü. Sesi soluğu kesilmişti. Hancı Hasan tepesine dikilip:
— Nazım Efendi, güzel kuru fasulyem var, pilav da yanında, ister misin, diye sordu.
Kuyumcu, hancının yüzüne boş boş baktı.
Adam bu bakıştan ürkmüş olmalı ki, üstelemeyip uzaklaştı.

Kenan Seyfi'nin getirdiği suyu radyatöre dolduruyordu. Başında dikilen Beşir Ağa sesini mümkün olduğu kadar yumuşatarak:
— Kenan!.. Gözünü seveyim elini çabuk tut. Bu gidişle tireni kaçıracağız.
Kenan hiç oralı olmayarak:

— Tasalanma... Deli Kenan geç kalmaz.
— İyi de millet yayılıp kaldı buraya.
— Ne yani, yolcular acından mı ölsün?
— Yok canım... Yesinler tabii... Yesinler de biraz acele etsinler.
O sırada kâhya yaklaşır.
— Yemek hazır ağam.
— İyi... Hadi, yiyelim de gidelim bir an önce...
Kenan radyatör kapağını iyicene sıkar.
— Siz yiyin, biz yetişiriz.
Seyfi... Şu sepetten bir iki hıyar, domates çıkarıp yıka. Bu hancının zerzavatı yaramaz, pörsümüştür yenmez.
— Peki usta...

Mavi Kuş'u tâ kasabadan itibaren takip edegelen o iki atlı ne oldu acaba?
Söyleyelim.
Onlar dahi civardadır.
Atlarını dere içinde dulda bir yere çekmişlerdir.
Gelip gelip han önünü tabak gibi gören bir yerde, çalıların arasında pusuya yatmışlardır.
Yolcular inip, sağa sola gidip gelme sona erinceye, herkes önündeki yemeği yemeye başlayıncaya kadar beklemişlerdir.
Ve bekledikleri an da gelip çatmıştır.
Aralarında konuşurlar.
— Şimdi tetiği çeksem alnının çatından vururum.
Ha, ne dersin!

— Dellenme, adam yemek yiyip su içmekte. Su içene yılan bile değmez.

— Benim beklemeye takatim kalmadı. Vuralım, işi bitsin.

— Abuk subuk konuşma, her işin bir sırası var. Attığın kurşun başkasına değerse ne olur.

— Ne olur.

— Ula sersem, köye giremeyiz bir daha.

— Niye ki?

— Hay senin kafanın tasına tüküreyim. Ula demezler mi, kanlısını vuracak yerde başkasını vurmuş gelmişler.

Cümle âlem maytaba alır bizi, dile düşeriz. Sabret hele...

— Sabır, sabır... Bittim ben... Günlerdir aç, susuz yollardayız.

— Şşştt... Kes sesini. Şimdi su dökmeye kalkar, kalkınca hedefi büyütür. O zaman mıhlarız.

Bu sırada eşi hasta olan köylü han kapısından telaşla çıkar, doktora doğru koşar, nefes nefese:
— Doktor Bey, Doktor Bey...
Yahya kaşığı masaya bırakıp doğrulur.
— Ne var! Ne oldu?
— Bizim hanım gidiyor doktor, hele şuna bir bak, kurban olam.
Doktor kalkar, masadakiler üzgün ve şaşkın ayaklanırlar, onların hana doğru gittiğini gören Kemal de arkalarından gelir, hancı ve karısı da oradadır.
Hasta kadın uzandığı kerevetin üzerinde sessiz ve hareketsiz yatmaktadır.
Doktor nabzını tutar, sonra bırakır, döner; içerde bulunan herkesin dışarı çıkmasını ister, odayı boşalttıktan sonra kapıyı kapatır.

Gelip kadını sırtüstü çevirir, atkısını, yazmasını çözer. Hastanın ağzından ince bir kan sızmaktadır. Muayene etmeye başlar.
Batın hassas ve ağrılı hasta neredeyse kaşektik, dalgın.
"İşte kaldık kader ile başbaşa" der içinden.

"Ne yapmalı" der, âlet yok, ilaç yok, bir dağ başındayız işte.

Sırtını açıp eliyle hızlı bir perküsyon yapar. Sol akciğer neredeyse tamamen kapalı. Bir yandan kendi kendine konuşuyor, kadının duyup duymadığına aldırmadan:

— İyi olacaksın, merak etme bir şeyciğin yok.

Hep böyle yapar, alışkanlık... Ama içinden:

— Ulan kan vermek lazım buna, kanama sürüyor, hiç olmazsa bir serum...

Derken kadın bir öksürük nöbeti ile sarsılıyor. Doğrulup ağız dolusu kusuyor.

Kan, kan, kan...

Sonra nasılsa açıyor gözlerini, bir eliyle doktorun elini sıkıca kavrayarak yüzüne bakıyor.

"Kurtar beni doktor, kurtar" der gibi.

Doktor ne yaptığını bilemeden ceplerini karıştırıyor, birinde uyku tutmayan gecelerde aldığı bromür tabletine raslıyor. Hemen koşup bir bardak su kapıyor. Yine aynı cümle dudaklarında:

— İyileşeceksin, bir şeyciğin yok, merak etme. Hele şunu bir iç...

Kadını hafifçe doğrultarak hapı kanlı ağzına tıkıştırıyor. Zorla içiriyor suyu. Kadın ağır ağır kapanan gözleriyle doktora son bir kez bakıyor. Memnun, mütebessim, doktorun dediği gibi "iyi olacağına" inanmış.

Doktor onu yeniden ve yavaşça kerevete uzatıyor. Nabzı elinde, uçmayı yeni öğrenen yavru bir kuş

gibi son bir kez çırpınıyor.
Bitti...
Kerevete yığılıp kalıyor doktor. Bir şey yapmış olmak için çıkarıp gözlüklerini siliyor. Sonra lavaboya gidip yıkıyor ellerini. O sıra açık kapıdan Hancı'nın odasını, o karmaşayı görüyor. Tereddütsüz girip bir yatak çarşafı çekiyor çamaşırlar arasından. Getirip ölmüş kadının üzerine baştan ayağı örtüyor.

Şimdi ne yapacak acaba?
Kapı yerine küçük pencereye yöneliyor.
Güneş son nefesini vermiş, yeryüzünü lacivert bir tül örtmeye başlamıştır. Söğütlerin altındaki köylüler yemeği bitirerek cemaat halinde namaza durmuşlar; eni sonu gideceğimiz yere doğru bakıyorlar. Belki de tüm insanlarla birlikte şu sönüp giden genç kadının ruhu için de dua ederler.
Kocası bir ağacın dibinde, çömelmiş, gözlerini han kapısına dikmiş bekliyor.

Yahya aniden ağlamaya başlıyor.
Düpedüz ağlıyor koca adam.
Böyle elleri arasından kayıp giden bir canı ilk kez görmüştü çünkü.
Onun doktorluğu bir nevi havale memurluğu gibiydi. Hükümet Tabibliği'nin tedaviye dönük bir donanımı yoktu. İcap edenleri evrakıyla birlikte bir imza, doğru vilayete. Geride kalanlar için

çok iyi bir imaj sağlamıştı. Antibiyotik, şurup, hap, iğne, kasaba eczanesinde bulunan ilaçlar ezberindeydi. Hafif vakalara bakardı. Çokluk sıkıntılı, ruh hali bozuk olanlar. Dişçiye gidince ağrısı geçenler gibi gelirlerdi yanına. Müşfik sesiyle onları okşar, ağrılı yerlerinde gezdirir ellerini, "iyisin maşallah, bir şeyin yok" deyip hele bir de zararsız bir hap verince düzelirdi hastalar.

En iyi ilaç: Güler yüz, tatlı söz.

Bu halk böylesi doktorları evliya makamına yükseltir.

Yeniden gözlüklerini çıkarıp bu defa gözlerini siliyor, acıyla gülümsüyor.

Ne evliya ama, koyun cebinde kanyak şişesiyle dolaşan bir adam.
Şişeyi hatırlayınca ferahladı. Hemen çıkardı, ne kalmışsa içinde artık, sonuna kadar dikti. Alkol daha şişenin ağzı dudaklarına değince göstermişti tesirini. Gevşedi, yok olan güvenini tazeledi.
Şişeyi götürüp tezgâhın gerisindeki çöp tenekesine attı.
Üstünü, başını, kıravatını düzeltti, kapıyı açıp çıktı.
Bütün yolcular ona bakıyordu; sessiz, gergin bir bekleyiş.
Kararlı adımlarla kadının kocasına doğru yürüdü. Onu alıp bir sandalyeye oturttu. Adam anlamıştı, uğrun uğrun yaş dökmeye başladı. Doktor omzundan tuttu onu, kuvvetle sıktı.
— Allah'ın emridir. Hepimiz elbet bir gün öleceğiz. Sabırlı ol, diye metin bir sesle teselliye çalıştı.

Kimse konuşmuyordu. Herkes önüne bakıyor.
Herkes herhalde ölüm denen muammayı düşünüyor.
Cırcır böceklerinin sesi, derenin uzaklardan gelen şırıltısına karışıyor.

Avcı Bilal neden sonra kalkıp, sanki olan biteni başından beri görüp gözlemiş gibi doktorla adamın yanına geliyor:
— Siz onu bana bırakın Doktor Bey, diyor. Kenan'la ikimiz dönüşte cenazeyi götürürüz.

Şimdi artık bu mekânı terk etmeli.
Ölümün gölgesinden bir an önce uzaklaşmalı.

Mümkün mü bu?
Evet, mümkün!..
Nasıl?
Unutarak!
Unutarak mı?
Elbette!.. Unutmak olmazsa insanoğlu nasıl yaşardı bunca acı ortasında.
Ya hatırlamak!..
Evet, o da var. Ömür böyle geçiyor işte; kâh unutup kâh hatırlayarak.

Herkes ayaklanmıştır artık, o yana bu yana gidip gelmeler başlar, çalıların arasında pusuya yatarak yeni bir ölüm için tetiğe basmayı tasarlayan o iki adam da şaşkındır.
— Orada bir şeyler oldu ama!..
— He ya!.. Anlamadık.
— Neyse, akşam oldu zaten, karanlık bastı iyice. Bu işi istasyonda bitirek.
— Doğrudur. Gündüz gözü adam vurmak aptal-

lık. Nasıl da akıl edemedik yahu. Gece vakti vur, savuş, kim görecek.

— Eh gözümüzü kan bürümüştür, akıl-fikir kalmamıştır bizde. Ama böylesi iyi oldu.

Hadi gidek... Nasılsa istasyonda yeniden bulacağız bunları.

— Dur ula, deli misen? Önce onlar gitsin. Şimdi atlara binsek sesimizi duyarlar.

— Doğrudur, bekleyek hele...

Yolcular yerlerine geçmiş, Mavi Kuş kalkışa hazır, derken o iki keçi üç koyunu ile bekleyen köylü, Kenan'a yanaşıyor.

— Kenan Usta beni de alırsın, değil mi?

Tekerlekleri tekmeleyerek havasına bakan Kenan omzunun üzerinden:

— Olur, geç otur, yerimiz var.

— Ya davarlar!..

— Ne olmuş davarlara?

— İki keçi, üç koyunum vardır.

— Eee...

— Onları istasyona götürmem lazımdır, para...

Demeye kalmadan Kenan patlıyor:

— Ulan bu araba hayvan vagonu mu teres... Olmaz.

Köylü "olmaz"ı duyunca Kenan'ın elini bırakıp ayağına sarılıyor. Öyle ki, kanlılar gibi yalvarıyor adam.

Kenan'ın en dayanamadığı şeydir bu.

Yılışmak, yalvarmak, sızlanmak. Ya hemen "hastir" çekip kovar adamı; ya da "aman sesini kes, peki" diyerek susturur.

Bir ara hana doğru bakıyor, ne de olsa bir cenaze var ortada, fazla patırtı etmek gelmiyor içinden.
— Yıkıl karşımdan, diyor sade. Arka koltukların önüne yerleştir hayvanları, ama bak her tekine bilet keserim ona göre.
Adam sevine sevine sürüyor davarı, arka kapıdan bindiriyor.
Yolcular önce olup biteni anlamakta zorlanıyor; keçiler, koyunlar, ne işi var arabada bunların?
Mesele anlaşılınca kıyamet kopuyor. Tahmin edileceği gibi her kafadan bir ses çıkıyor.
Kenan şoför mahallinde bir süre sessizce dinliyor bu şamatayı.
Sonra top gibi gürleyerek:
— Yeter, kesin şamatayı diye bağırıyor.
Sesler kesilince kendi mantığına uyan açıklamasını yapıyor:
— Bu arkadaş bir celeple anlaşmış, malın bir kısmını teslim etmiş, geriye bu beş davar kalmış, o da hepiniz gibi tirene yetişmek istiyor. Erzurum'dan gelen tüccar malı alacak, parayı verecek.
Ne yapsın yani, gece vakti yayan yapıldak yola mı düşsün. Düşse bile tirene kavuşamaz. Kavuşamaz ise celep çeker gider. Gidince paralar da uçar. Sonra adamı ara ki bulasın.
Şimdi bu adam darda kalmış. Bize düşen darda kalana yardım etmektir.

Kenan'ın açıklamaları kimseyi tatmin etmez,

homurtular, itirazlar yükselir. Kenan bunun üzerine eskisinden beş beter bir bağırtı daha çeker:
— İstemeyen insin, hemen şimdi...
İtiraz edeni atarım. Şart olsun atarım. Gitsin mahkemeye versin.
Bu kesinlik sesleri keser. Geriye dönüp koyunlarla-keçilere şaşkın ve kızgın bakan yolcular önlerine döner, mesele yatışır.
Sadece Kuyumcu Nazım Efendi Kenan'ı –o da alçak sesle– jandarmalara şikâyet eder:
— Yahu hemşerim bari siz bir şey deyin. Hiç böyle iş olur mu? Yolcu otobüsünün içinde hayvan nakli görülmüş mü?

Jandarmalar ne yapacaklarını, ne söyleyeceklerini bilemez halde birbirlerine bakarlar.
Sonra biri kayıtsızca:
— Biz sivilin işine karışmayız efendi, diye cevap verir.
Kuyumcu göz ucuyla Kenan'ı süzerken içinden, "Hıh... Sivilin işine karışmazlarmış. Laf mı bu şimdi. Burda bir uzman çavuş olsaydı, bu deli böyle kasılabilir miydi? Muma dönerdi muma... Ama yok işte. Ne yapacaksın, yok" diye söylenmeye devam eder.

Mavi Kuş yeniden yola düşer.
O gider, geride bir cenaze, bir gözü yaşlı koca ve derenin şırıltısına dalmış düşünen Avcı Bilal ile köpeği kalır.

Adam hâlâ içini çekmektedir.
Ara sıra handan yana bakar. Lakin bir türlü yerinden kalkıp, beyaz çarşaf altında upuzun yatan karısının cesedini görmeye cesaret edemez, takati kalmamıştır.
Hancı ile karısının üzerine de bir ağırlık çökmüştür. Yavaş hareketlerle tabakları, kaşıkları toplarlar. Onların da içeri giresi kalmamıştır.

Nasıl geçecek bu gece?
Bir genç kadın ölüsü ile başbaşa.
Hava gittikçe serinlemektedir. Bozkırın gecesi böyle olur, bayağı üşütür adamı.

Otobüs hızlandıkça havanın esintisi uğultulu bir rüzgâra dönüşür. Erol yukarıda brandanın altında, bir gömlek bir pantolon buz kesmiştir.
Çeneleri birbirine vurmaya başlar.
"Ulan donacağım burada, ne etsem" diye düşünür.
Başını brandadan biraz çıkararak bagajları gözden geçirir. Turistlerin portakal sandığı gibi hafif çakılı koca sandıklarından birini gözüne kestirir.
"Şunun içine girsem nasıl olur" diyerek, ipleri tuta tuta sandığa yanaşır. Kapak tahtalarını zorlar, sökemez. Aklına brandanın altındaki sivri uçlu kazma gelir.
Kazmayı kapar, bir ucunu tahta aralıklardan geçirir, kanırtmaya başlar.
Kazmanın sapına bütün vücuduyla abanınca tahtanın biri çivilerinden kurtulup kalkar.
Erol oluşan boşluktan bir elini sokarak içeride ne olduğunu anlamaya çalışır. Eline yumuşak, sıcak bir şeyler değer. Avuçlayıp bakar.

Pamuk... Ot...

"Oh... Tam bana göre, yaşadık" diye sevinir. O şevk ile bir iki tahta daha söker. Otları, pamukları aceleyle atmaya, kendine sandık içinde bir yer açmaya başlar.
Neden sonra eline çanak-çömlek cinsinden kırık testiler, tabak parçaları gelir. Evirip çevirip bakar biraz, bir şeye benzetemez.
"Kim koymuş bu ıvır-zıvırı bu sandığa" diye söylenir. Hepsini teker teker sağa sola fırlatmaya koyulur.
Artık Mavi Kuş'un üzerinden derelere tepelere çömlek parçası yağmaktadır.

Erol "Dondum ulan dondum" diye diye bitirir çömlekleri. Sonra alelacele girer sandığa.
Ne kadar ot, pamuk artığı, kumaş parçası varsa yarısını altına, yarısını üstüne yığıp içine gömülür. Dizlerini karnına çekip yerleşir.

Ohh...
Sıcacık...
Bayağı bir yatak işte. Hem yatak, hem yorgan.
Çok geçmez ısınır, tatlı bir uyuşukluk gelir üzerine, gözkapakları ağır ağır kapanır.
Deliksiz bir çocuk uykusuna dalar.

Rüyasında İstanbul'dadır artık.
Deniz, vapurlar, balıkçı kayıkları, camiler, minareler, koca koca binalar, kalabalık.

Bu karmaşadan geriye bir tek vapur kalır.
Erol vapura kaptan olmuştur. Başında o beyaz şapka; sağa-sola emirler yağdırır. Gemisi dalgaları yara yara gitmekte, önü sıra yunus balıkları bir dalıp bir çıkmaktadır.

Sonra bir stadyumda bulur kendini.
Fenerbahçe formasıyla oynamakta, gol üstüne gol atmakta, tribünler alkıştan inlemektedir.
Seyirciler maçtan sonra Erol'u omuzlarına alıp bir tatlıcının önüne kadar taşırlar.
Tatlıcı dükkânı nedense kasabadaki Aynalı Lokanta'ya benzemektedir. Hatta orasıdır, evet, orası.
Erol bir ara "Ben nerdeyim yahu, burası İstanbul değil mi?" diye sorar.
Yanında küçük arkadaşı belirir;
— Boşver be Erol abi. Sen tatlılara bak tatlılara diye uyarır onu.
Erol bir de bakar ki; masa kadar bir baklava tepsisi.
İkisi iki yandan yumulurlar, tıkına tıkına yerken kendilerini bir anda tepsinin içinde bulurlar.
Tepsi onları uçurup İstanbul'un semalarında gezdirir. Aynen bir sihirli halı gibi. Bulutların arasından aşağılarda karınca misali bir o yana bir bu yana gidip gelen insanlara, araçlara bakarlar.
Yanlarından bir beyaz güvercin geçer.

İçeride Neşe, başını cama dayamış, hızla geçen kaya gölgelerine, her biri bu ıssız yerlerde donmuş kalmış masal kişilerine benzeyen karaltılara dalmıştır.
Kocasıyla doktorun bitip tükenmeyen konuşmaları, artık anlamadığı bir mırıltıya dönüştüğünde, o da bir İstanbul rüyası görmeye başlar.

Çocukların yanından gelip geçen beyaz güvercin bu defa onun omzuna konmuştur.
Erikler çiçek açmış, erguvanlar çıldırmış, boğazın mavi suları firuzeye dönmüş, yalılardan kahkahalar, sandallardan saz sesleri yükselmeye başlamıştır.
Silkinir Neşe, biraz uyanır rüyadan. "Yok canım der içinden, bu Abdülhak Şinasi'nin, Tanpınar'ın İstanbul'u, bugün artık kalmadı bunlar."

Ama İstanbul bu. İçinde doğmuş büyümüş birinin yakasını kolayına bırakmaz. Ne kadar örselenmiş, yağmalanmış, yaralanmış olsa da; Kandilli'de, Mihrabat Korusu'nda, Üsküdar çarşısında karşısına çıkar insanın, hemen o pembe tülünü yayar üzerine, martı çığlıkları, Kız Kulesi, Atikvaldesi, Sultantepesi, yaz yağmuru, sabah sisi olarak sarıp sarmalar adamı.

"Ne yaptım ben" diye düşünüyor Neşe.
Ahlanıp vahlanmıyor ama pişmanlığın tomurcuğu patladı patlayacak.
Az kaldı çünkü.
Az sonra istasyona varacaklar.
Belki son kez Murat'la birbirlerine sarılacaklar.
"Son kez" lafını cümleden çıkarıp çıkarmamayı düşünüyor şimdi.
"Ne yaptım ben" diye soruyor yeniden.
Cevabı: Âşık oldum.
Murat'a âşık oldum.
O beni, ben onu sevdim. Sevişip evlendik. Yıldırım aşkı değildi elbette. Zaten kendisi o mizaçta biri değildi.
Ölçer-biçer-titizlenir.
Öyle de, bunca ince eleyip sık dokuyan bir mizaç, nasıl olmuş da, o kadar konuşma, tartışma sonunda, bir köy öğretmeninin peşine takılarak bu Allah'ın dağlarına kadar gelmeyi hesap dışı tutabilmişti.
"Aşk ölçü-biçi tanımaz" dedi.
"Orta malı bir söz" diye ekledi ardından.
Sonra rüyayı falan bir yana bırakıp hesap defterini açtı.
Hadi şimdi gidiyorum diyelim.

Bir daha geri dönmemek üzere.
Bu ne mânaya geliyor.
Şu mânaya geliyor:
Murat da burada kalmak üzere ayak diretirse, bu işin sonu ayrılık.
Nasıl da kestirmeden ulaşmıştı beklenen sona. Gerçekçi olmak lazım ve işin adını gözünü kırpmadan koymak lazım. Aşk falan iyi de, buralarda sökmüyor. En azından benim için böyle bu.
Ne yapabilirim? Bütün gün evi süpürüp, dolma sararak ve o yıkanmayı unutmuş köylü kızlarıyla, şişman karılarla konuşup akşam kocamın eve dönmesini mi beklemeliyim?
Ya da okulun önündeki ufak bahçeye marul, maydanoz ekmeliyim. Eh oldu olacak, birkaç tavuk ile bir de horoz alalım.
Böyle şeylere kitaplarda, filimlerde raslanıyor. Hayat acı. Elâlem arabalarına kurulup denize, yazlığa, konsere, sinemaya gitsin; sen burada kış için sebze kurut, tezek topla.

Yok, yok... Uzatmanın âlemi yok.
Kestirip atarsa atsın.
"Atsın" deyince parmağında parlayan alyansa bakıyor. Küçük bir iç sızısı.
Küçük mü?
Evet, küçük.
Ya sonradan büyürse...
Amaan, inceldiği yerden kopsun.
Yeniden üniversite imtihanına girerim.

Yok, yok... Önce bir iş bulmalı, sonra imtihan.

Kocasının bu arada eline hafifçe dokunması ve o parlak gülüşü bu hesaplaşmaya aniden son veriyor.
— Hayatım sana zahmet evimizin anahtarını verir misin?
Neşe şaşkın, otomat gibi çantasını açıyor, ucunda kalp biçimi bir nazarlık sallanan anahtarı çıkarıyor.
Murat anahtarı alıp nazarlığı doktora gösteriyor:
— Doktor Bey'le "nazar" üzerine konuşuyorduk. Ben inanırım bilirsin, doktor da inanıyor.

Neşe şimdi gülsün mü, ağlasın mı?
Hem gülsün, hem ağlasın.
Hayat budur işte.

Beşir Ağa ikide bir köstekli, kapaklı, mineli Serkisof saatini çıkarıp bakıyor. Her bakışında "geç kaldık, bu araba bu gidişle mümkünü yok tirene yetişemez" mânasına cık cık ediyor, kafa sallıyor; bununla da yetinmeyip kâhyaya saati soruyordu. İki saat arasında beş altı dakikalık fark vardı. Ağa kâhyanın saatinin yanlış olduğunu tekrarlıyor, sonra tekrar kendi saatine bakıyor, saatle bozmuş adamlar gibi neredeyse başkalarına da sormaya niyetleniyor, sonra vazgeçip kâhyaya çatıyordu.

— At gitsin o saati, bi boka yaramaz.

Kâhya birkaç kez bu azarı yuttuktan sonra, birinde cevabı yapıştırdı:

— Bu ağa saatidir, atılmaz.

Beşir Ağa şaşkın:

— Yoh yahu. Kâhyalar ne zamandır ağa saati taşıyor.

Kâhya gülümseyerek:

— Bunu sen bana vermiştin, senin hediyendir.

— Allah, Allah... Ne vakit?

— Baban rahmete kavuşunca, Serkisof'u sen devraldın. "Serkisof'un üstüne saat olmaz" diyerek kolundan sıyırıp bana verdin; unutmuş musan?

— Ula hele ver bakayım şunu.

Kâhya metal yaylı bilekliği hâlâ parıldayan saati çıkarıp veriyor.

Ağa saate dalıyor. Omega markasına, hafif sararmış kadranına bakıyor.

— He ula, bu saat, evet budur, benim saatım. Hey gidi be!..

Bir yokuşa sarmış, artık gidip gitmediği bile belli olmayan Mavi Kuş, Beşir Ağa'yı alıp gençlik yıllarının fırtınalı günlerine taşıyor.

Tesadüf bu ya, askerliği İstanbul-Halıcıoğlu'nda yapmıştı. Unutulmayan askerlik arkadaşları. Omega'yı Beykozlu Nizamettin ile Sirkeci'de bir saatçiden almış, dünyanın parasını saymışlardı.

O zamanlar saat kıymetli idi.

Her adamda saat, hele ki böyle bir marka bulunmazdı.

Askerler fotoğraf çektirip, sılaya gönderirken bir ellerini yumruk yapıp çenelerine dayar, saati bahusus gösterirlerdi.

Nizamettin, Celal, Hayri hepsi şehir çocuğu. Askerlik bitince bunu araya aldılar. Ne de olsa ağa oğlu, para foga. Bir tel çekiyor, deste ile geliyor.

O bar senin, bu pavyon benim; önce bir zaman işi

eğlenceye, hovardalığa vurdular. Beşir babasına dokunaklı mektuplar yazıyor; bunları Celal kaleme alıyordu.
Güya askerden sonra İstanbul'un söylemesi ayıp kurdu olmuşlar; ticarete başlamışlar, dükkânı tezgâhı tekmil tamam etmişlerdi.
Araba alım satımı, gıda toptancılığı, kumaş tüccarlığı, civata imalatı, Taksim-Sıraselviler'de bir lokanta işletiyor, paraya para demiyor, bütün İstanbul'a nam salıyorlardı.

Bu kadar iş elbette ki sermayesiz dönmezdi. Para parayı kazanır. Beşir bu sebeple mektup üzerine mektup yazıyor, babasından istiyordu.

Ailenin tek erkek evladı.
Bir dediği iki edilmemiş, herkes üzerine titriyor.
Babası ne yapıp eder, istenen parayı gönderirdi.

İşte şu kâhya var ya şu kâhya. Bu ihtiyar kurt işkillendi. Değirmenin suyu fazla akmaya başlamıştı. Beşir'in babasına "Yahu ağam, bana bir izin versen de gidip şu Beşir'i bir yoklasam" deyiverdi.
İzini koparınca İstanbul'un yolunu tuttu. Gençleri eliyle koymuş gibi buldu.
Sayıp döktükleri ticaret tamamen yalandı. Gerçi Kasımpaşa'da salaş bir kahve tutmuşlardı ama, burası bir aileyi bile zar zor geçindirirdi. Zaten onlar da kahveyle pek ilgilenmiyor, akşamdan

akşama şöyle bir uğrayıp hasılatı kapıyor; bir de gece yarılarından sonra yatmak için geliyorlardı. Kâhya Beşir'i bir kenara çekip, bir kâhyanın bir ağa oğluna neyi ne kadar söyleyeceğini de hesaba katarak türlü nasihatlar etti. Yanındakilerin yaramaz adamlar olduğunu, gençliğini bu batakta batırmaması gerektiğini, babasının zaten bir ayağı çukurda sayıldığını, var olan serveti har vurup harman savurmadan bir an önce gelip arazinin, malın-mülkün, marabanın başına geçmesi gerektiğini dili döndüğünce tembihledi.

Beşir bunu çıt çıkarmadan dinledi.
Sonunda dönüp tek bir cümle söyledi.
"Olup biteni babama duyurursan kendini yok bil. Fizan'a gitsen seni bulur, kurşuna dizerim" dedi.
Kâhya alevin bacayı sardığını, yangını söndürmenin imkânı kalmadığını anlamıştı.
Başını önüne eğdi, kös kös köye döndü.
Ağaya da hık-mık edip işin gerçeğine dair bir şey söylemedi.

İp iyice incelmişti.
Bir yerden kopacaktı elbet.
Neyse ki uygun yerinden koptu.
Beşir'in başına bir iş gelmeden, babasının başına geldi. Adam yatağa düştü.
Üç karı eskitmiş, bir sürü kıza mukabil ancak bir

erkek çocuk peydahlamış ağa son yolculuğuna çıkıyordu.
Beşir'i hemen her gün "Baban ağır vaziyettedir, aman yetişesin" diye tel üstüne tel çekip dönmeye razı ettiler. Oğlan çıkıp geldi gelmesine ama ancak cenazeye yetişebildi.

İşte hikâye bu.
Hayırsız evlat masalının binlerce örneğinden biri.
Beşir Ağa Omega'yı elinde evirip çevirirken içinden:
"Doğru" diyordu, "Bizi hovardalık batırdı".
Kötü şöhreti zamanla dilden dile yayıldı.
Zaten ağalık denen şeyin de miadı dolmuş idi.
Deveyi güdemeyenler bir bir diyardan göçüyordu.
Elde avuçta pek bir şey kalmamıştı. Bir sürü susuz arazi, bir iki değirmen, biraz mal-davar, hepsi bu.

Beşir Ağa saltanatı babasından devraldığında hazine tamtakır bir halde idi.
Ee... Her düzenin bir raconu var.
"Ağalık vermeyle" denilmiş. Maraba baktı ki bu heriften bize hayır yok, ucundan ucundan göçü toplayıp şehir yerlerine, ameleliğe, kapıcılığa, işçiliğe, bir zenaatın ucundan tutmaya doğru yöneldi.

Beşir Ağa ekilmeyen arazileri, aile efradı, birkaç adamıyla kaldı ortalık yerde.

Bütün kapıların kapandığını sandığı bir ortamda "Ben bittim, ben mahvoldum" dediği demde başka bir hayal tacirinin toruna düştü.

Siyasiler...

Bunlar zaman zaman babasını ziyarete gelir, azim ziyafet olur, sözler alınıp verilir, seçimler olur, yedi köye hükmü geçen, hatırı sayılan babasının hayrına siyaset erbabı memnun-mesut geldikleri gibi giderlerdi.

Babası ölünce bu defa kendine gelmeye başladılar. O da hizmette kusur etmedi. Artık elde avuçta ne kalmışsa saçtı döktü. Ama bir türlü karşılığını alamadı.

Son söz, siyasilerden birinin araziyi gezerken sarfettiği "kuyu" lafı olmuştu.
"Yahu Beşir Ağa sen buraya birkaç kuyu açtırsan, çıkan su yedi köyü besler vallahi, hiç durma müracaat et, biz arkandayız" demişti adam.

Beşir Ağa "kuyu" lafının ardına düşmüş, senelerdir uğraşıp duruyor, hemen her seçim zamanı "bu defa kuyularımız açılıyor, kesin sözünü aldım" diyerek yine köylülerin oyunu topluyordu.
Ama her şey bir yere kadar.
Verilen söz bir tutulmaz, iki tutulmaz, üçüncüsünde dönüp sahibini çarpar.

İşte bu neticeye az kalmıştı. Beşir Ağa Köy İşleri, Devlet Su İşleri, Toprak Su İşleri, Başbakanlık, Devlet Planlama, Müsteşarlık, Valilik, Kaymakamlık dememiş; başvurmadık kapı bırakmamış, kendine göre yüzüp yüzüp kuyruğuna gelmişti.

Bir tiren gelecek, içinden siyasiler, bürokratlar, müdürler, mühendisler inecek, araziyi gezecekler, son bir kez konuşacaklar, bu işi tatlıya bağlayacaklardı.

Gerçekten arazi sulandığı takdirde; pancardan patatese, fasulyeden nohuta, mısırdan buğdaya bire on, bire yirmi otuz verecek, yedi köyü âbad edecek haldeydi.
Un var, yağ var, borç-harç şeker dahi bulunmuş, helvayı karmak için iş suya kalmıştı.

"Hey kurban olduğum Allah, bu defa olmazı oldur bize, sana sığınmışam" diye duaya çöktü ağa.

O duaya çöktüğü sırada Mavi Kuş yokuşu tırmanmış, tam düze çıkacak kerteye gelmişti ki...

Güm...

Evet ya, güm...
Ön lastik su koyverdi.
Kenan:
— Seyfi takozu at.
Diye bağırdı.
Seyfi alışkın, beşli koltuğun altındaki takozu çektiği gibi iyicene ağırlayan arabadan atladı, arka lastiğin altına takozu dayadı.

Herkes dalgınlığından uyandı:
Kenan doğrulup yolculara:
— Beyler lastik patladı. Bir süre buradayız. Dışarısı soğuktur. İsteyen kalsın, isteyen inip ihtiyacını gidersin, dedi.

Beşir Ağa da kuyuyu, araziyi, patatesi, fasulyayı bir yana bıraktı, suratını buruşturarak kâhyaya döndü.

— İşte şimdi hasıra yan yattık!..
Kâhya iki elini yana doğru açarak "Ne yapalım,

bir kazadır oldu, elimizden bir şey gelmez, bekleyeceğiz" mânasına sessizce boynunu büktü.
Seyfi daha sonra yine beşli koltuğun altından takım sandığını, krikoyu, pompayı çıkarıp ön tekerin yanına taşıdı.
Kenan ceketini giymiş, bir de sigara yakmıştır.
Otobüsten pek kimse inmez, dışarıda bayağı bir ayaz vardır.
Krikoyu kurup çalıştırırken bir yandan Seyfi'ye emirler yağdırır:

— Leğeni getir, su getir, çabuk...

Kemal de aşağı inmiştir.
O da bir sigara yakıp ceketinin yakalarını kaldırır.
Issız tepeler, derin dereler...
Karanlık. Sessizlik...

Mavi Kuş'un arkasına dolanır, tam bu sırada elinde su bidonu Seyfi ile burun buruna gelir.
Bir an ikisi de şaşırırlar.
Seyfi sırıtarak Kemal'e yaklaşır, bir sır verir gibi fısıltıyla:
— Yukarıdakini biliyorsun değil mi?

Kemal meraklanmıştır ama belli etmek istemez:
— Yoo... Ne varmış yukarıda?
Seyfi sanki biri duyacakmış gibi sağa sola bakınır:
— Yukarıda bir muavin daha var, çadırın altında.

Kemal çocuğun saflığından yararlanmak ister:
— Sahi mi? Bilmiyordum.
Seyfi:
— Valla var. Gözümle gördüm, konuştuk bile.
— Ustanın haberi var mı?
— Söyledim, inanmadı.

Bu defa Kemal Seyfi'ye yaklaşır:
— Peki, sandıklarda ne var. Turistlerin sandıklarında?
Seyfi umursamaz.
— Hiç canım, ıvır-zıvır...

Sonra bidonu götürür, Kemal peşindedir.

Otobüsün farları ıssız tepelerin karanlığına birer projektör gibi sokulur. Kenan tekerleği sökmüş, yatırmış, farın ışığına bir büyük leğen oturtmuştur.
Seyfi'nin getirdiği suyu leğene boşaltır.
Kemal:
— Stepneniz yok muydu?
— Yok, zaten lastikler de kabak.
— Çok sürer mi peki.
— Yok canım, alışkınız biz, çeyrek dakkaya biter.
Kemal üşüyen ellerini ovuşturur, Kenan'ı izlemeye başlar. Az sonra bir iki köylü sanki yere basmaya çekinerek arka kapıdan iner, yol kenarındaki kayaların, çalıların ardına hacet görmeye çıkar-

lar. Davarların sahibi de gelmiştir:
— Yardıma ihtiyaç var mı Usta.
Kenan adama bakmaksızın
— Yok, sağol, der ve alışkın elleriyle mengene gibi yapışarak dış lastiğin içinden kırk yamalı kavuniçi rengindeki iç lastiği çıkarır.
Seyfi pompayı yetiştirir. Siboba bağlar, iki ayağıyla pedallara basarak pompayı paçaları arasına sıkıştırır, eğilip doğrularak lastiği şişirmeye başlar.

Kenan doğrulur, kollarını açıp kapatarak iyicene gerinir, omuzlarını kütürdetir, izmariti atar, üzerine basıp söndürür.
Şişkin bir simide dönen iç lastik yeterince hava almıştır. Tutar onu leğendeki suya bastırır. Bir süre çevirir suyun içinde, çok geçmeden su fokurdamaya başlar, patlak bulunmuştur.

Seyfi takım sandığından kaynak makinesi ile bir de hazır yama çıkarır. Kenan cebinden bir sabit kalem almış ve deliğin üstüne bir işaret koymuştur.
Davarların sahibi ile Kemal çömelmiş, dağ başında, far ışığında gecenin ayazına aldırmayarak yapılan bu lastik tamirini izlemektedirler.
Kenan kaynak makinesinin mengenesine lastiğin patlak noktasını koyar, biraz sıkıştırır. Sonra altı sac, üstü mantar-karpit karışımı hazır yamayı

deliğin üzerine dikkatlice yerleştirir, mengeneyi sıkar.

— Ateş var mı?
Diye sorunca Kemal çıkarıp bir kibrit kutusu uzatır. Kenan yaktığı kibriti yamanın mantarımsı kısmına tutar. Yanıcı madde kızıl bir ışık yayarak tıss diye tutuşur, kısa sürede yanıp biter. Kenan soğuması için bir süre daha bekler ve mengeneyi söker. Yama işi tamamdır.
Bir ara iç lastiği yeniden şişirip yamanın tam yapışıp yapışmadığına, hava kaçırıp kaçırmadığına bakmayı düşünürse de "geç kalıyoruz" diye vazgeçer bu düşünceden.

Seyfi dış lastiği dikmiş, öylece beklemektedir. Kenan işi biten kaynak makinesini uzatarak "Al şunu, koy yerine" deyince lastiği bırakır, makineyi alır, takım sandığına yönelir.

Bu arada Seyfi'den kurtulan dış lastik yokuş aşağı önce ağır ağır, sonra süratlenerek gitmeye başlar. Tıkırtıya dönen Kemal telaşla:
— Lastik gidiyor be, tutun şunu, der.
Der ama ne Kenan, ne davarların sahibi, ne Seyfi, ne de def-i hacetten gelen köylüler ilk anda ne olduğunu anlayamaz.

Neden sonra ayağa dikilip, hatta lastiğin peşisıra

bağırarak "Tutun, kaçırmayın" diye koştuklarında; lastik çoktan gözden kaybolmuş, sadece çarpıp geçtiği taşlardan, çalılardan gelen ses duyulur olmuştur.

İş işten geçmiştir yani.
Lastiğin peşinden koşanlar ellerini bellerine dayayıp yokuşun yarısında durur. Güler misin, ağlar mısın diye birbirlerinin yüzüne bakarlar.
Köylülerden biri çekinerek:
— Ne olacak şimdi, diye sorar.

Kenan önce bu soruyu soran köylüye hışımla bakar, tam ona patlayacağı sırada önünde dikilen Seyfi'yi görür:
— Ulan seni şimdi ne yapayım ben, ha ne yapayım, salak...
Diyerek ensesine bir şaplak, kıçına bir tekme atar. Seyfi can havliyle birkaç metre uzağa fırlar.
Kenan bu defa köylüye döner:
— Ne olacağı var mı, dereye inip arayacağız. El feneri olan yaksın...

Böylece bu küçük cemaat, bir iki el feneri eşliğinde lastiğin indiği dereye doğru düşe kalka giderler. Kemal içinden "Ne yolculuk be! Mübarek safariye döndü" diye geçirerek gülümser.

Onlar derede çalıların, kayaların arasında kaybolan lastiği arayadursun; yukarıda, tepede Mavi

Kuş ışıklarını, farlarını yakmış, karanlıkta bir uzay gemisi gibi parıldayarak beklemektedir.

İçeridekilerin dışarıda olup bitenlerden haberi yoktur.
Kimi uyumakta, kimi içine kapanmış düşünmekte, kimi de başta doktor olmak üzere lafın belini kırmaktadır.

Tekeri takılıp işi biten otobüs iki kuru dere geçip bir yokuş çıktıktan sonra Deştin Düzü'ne ulaştı.
Deşt bildiğiniz gibi çöl demek.
Burası da göz alabildiğine uzanan bir düzlük.
Etrafını alçak tepeler çeviren bir göl sanki.
Belki çok eskilerde burası gerçekten bir göldü, kim bilir.
Epeyce bir zaman önce de mera imiş.
Öyle ki, yedi köyün davarı, sığırı burada otlarmış.
Göçerlerin çadır kurdukları da söyleniyor.
Herhalde bilinçsiz otlatmadan olacak, çoktan beri mera özelliğini kaybetmiş; erozyon bazı noktalarda çıplak toprağa çevirmiş düzlüğü, kuraklığa dayanıklı dikenler, gevenler sarmış her yanı.

Mavi Kuş düze çıkınca epeyce hızlanıyor. Ancak bunca aksilik, duraklama, gecikme Beşir Ağa'nın sabrını tüketip dilini açtığından sürekli konuşmaya, Kenan'a da, arabasına da veriştirmeye başlıyor.

— Yahu bas gaza be oğlum, bas...

Yaktın bizi valla. Bu gidişle imkânı yok yetişemeyiz.
— Sana şu arabaya bir yedek lastik al, ne olur ne olmaz diyen olmadı mı?
Aklımı sıçratacağım ha!
Otuz saat lastik değişecek diye bekledik.
Ne hakkın var senin bunca adamı süründürmeye.

— Adın deliye çıkmış diye hoş gördük, bir şey demedik.
Ama şunu iyi belle, ben deli meli dinlemem.
Ayranım kabardı kabaracak yani.

Kenan Beşir Ağa'nın bu biteviye sürüp giden sözlerine kâh gülümseyerek kâh "Tasalanma ağam, seni menzile yetiştirir evelallah" diyerek karşılık verse de, ağa hızını alamayıp sesini yükseltmeye başlıyor:

— Hele tireni kaçıralım bir... Bak sen o zaman deli kimmiş, veli kimmiş.

Hadi laf bombardımanı bir yana, ağa bir de eliyle koluyla Kenan'a doğru tehdit makamında hareketlere kalkışınca, Kenan'ın sabrı vitesten atıyor. Dönüyor ağaya:

— Daha hızlı gidelim diyorsun, öyle mi ağa.
— He, öyle!..

— Şu Mavi Kuş'u uçur diyorsun, öyle mi?
Ağa biraz şaşkın:
— He öyle!
— Demek öyle! Günah benden gitti artık.
En azından öndeki yolcular bir maraza çıkacak diye endişelenirken, Kenan arkaya dönüp sesleniyor:
— Seyfi!..
— Buyur usta.
— Gel lan buraya.
Seyfi seğirtip yetişiyor.
— Geldim usta.
— Aferin, geç bakalım direksiyona.

Seyfi de, ağa da, kâhya da, ön koltuklarda oturanlar da şaşkın.
Seyfi:
— Ben mi süreceğim.
— Evet, hadi geç.
Seyfi'nin ağzı kulaklarında. Duyduğuna inanamıyor. Çünkü Kenan onu çok nadir, yani ancak çok keyfe geldiğinde direksiyona geçirir.

Böyle deyip Kenan ayaklanıyor. Seyfi ile ustalık gösterip aniden yer değiştiriyorlar.
Seyfi artık direksiyonda.

Doktor olup bitenleri izlemektedir.
— Deli oğlan, yapma bunu. Ne güzel gidiyorduk, tadını kaçırma.

Kenan bu defa doktora dönerek:
— Siz karışmayın Doktor Bey, bunlar kaşındı iyicene.
Gül de endişelenmiştir, Kemal'e:
— Bu salak çocuk arabayı devirmesin?
Kemal:
— Bilmem... Göreceğiz.
Seyfi direksiyona geçince arabanın düzenli yürüyüşü bozulur, arada bir sarsıntılar olur.
Kenan oğlanı gaza getirmek için fiştekler:
— Bas gaza aslanım, bas...

Seyfi acemice vites değiştirir, gazı kökler; yolcular bir ileri bir geri sarsılırlar, herkes ayaklanmıştır.

Araba bir o yana, bir bu yana savrulur. Yolculardan homurtular, kadınlardan küçük çığlıklar duyulur.
Her savruluşta Seyfi ile Kenan kahkahayı basmaktadır.
Doktor:
— Kenan... Kenan... Kendine gel, bir kaza olacak.
Elizabeth:
— Stop this! Please stop this!*
Gül korku ve heyecan ile Kemal'in koluna sarılmıştır.
— Aman Allah'ım... Bu çocuk bizi ölüme götürüyor. Söyleyin şuna, bıraksın. Bıraksın artık.

* Durdurun şunu! Lütfen durdurun!

Kemal:
— Şoför Bey, yeter artık... Gösteri yapmanın lüzumu yok. Bu kadar yolcu var, ayıp yani...
Kenan umursamadan:
— Ne yapalım, ağamız istedi. Onu kıracak değiliz ya...

Ağa da korku içindedir, lakin bozuntuya vermek istemez, zoraki gülümseyerek:
— Kâhya, nasıl... İyi gidiyor değil mi?
Kâhya:
— Gidiş iyidir ağam... Lakin akıbet kötüdür.
John:
— Mr. Kenan, please. Drive slowly. There are many fragile things up.*

* Kenan Bey, lütfen. Yavaş gidin. Yukarıda kırılacak eşya var.

Otobüs zaman zaman yoldan çıkar.
Yol kenarında şarampol falan olmadığı için biraz sarsılarak da olsa bir süre arazide gider, küçük hendeklerden atlar, gevenlere takılır, tozu dumana katar, sonra yeniden yolu bulur.

Seyfi'nin suratı, duyduğu heyecanın etkisiyle kıpkırmızı, ağzı bir yana, gözü bir yana gitmiş, âdeta trans haline geçmiştir.
Tam bu halde iken işi iyicene cıvıtır, ellerini direksiyondan çeker, çıplak ayaklarını uzatarak arabayı ayakla kullanmaya başlar.
Kenan gülmekten ikibüklüm olmuştur, gözlerinden yaş akmaktadır.
Seyfi nara üzerine nara atar:

— Yol verin Mavi Kuş'a. Yol verin...

Durum bu noktaya gelince yolcular hepten ayaklanır. Doktor, Kemal, Murat ve John öne doğru giderek Kenan'ı yeniden direksiyona geçirmek için uğraşırlar.
Doktor:

— Yeter be! Deli dedikse bu kadarı da fazla... Hadi geç direksiyona.
Kemal:
— Sen bizi ne sanıyorsun, koyun mu?
Murat:
— Hiç böyle şey görmedim. Resmen ölüme gidiyoruz. Geç yerine hadi...
Kenan gülme krizinden çıkmıştır, sakinleşir:
Ağa'ya işaret ederek:
— Bana çatmayın kardeşim. Ağamız ısrar etti, o yüzden...
Ağa büzülmüş, başını önüne eğmiştir.

Doktor:
— Bırak onu sen oğlum. Bildiğin gibi git, yetişiriz tirene. Can taşıyor bu araba, yapma böyle şeyler... Hadi geç...
Kenan gösteriyi bitirmek üzere:
— Peki, peki, yeter bu kadar ders. Seyfi... Tamam. Kalk hadi...

Seyfi Kenan'a bakar, direksiyonu bırakmak istemez:
— Ama usta yeni ısınmıştım daha...
Kenan sertleşir:
— Kalk ulan. Hâlâ söyleniyor.
Seyfi kalkar, Kenan yerine geçer, araba yavaşlamış, yolcuların heyecanı yatışmıştır.
Herkes yerine dönüp oturur.

Seyfi:
— Usta... Nasıldım ama, ha... Fırtına gibi.
Kenan:
— Fırtına Seyfi.
Seyfi bu iltifatla şımarır, kendi kendine şişinerek.
— Elbette... Fırtına Seyfi, fırtına...

John oturduklarında Kemal'e dönerek:
— Your guys aren't afraid of having accidents.*
Kemal anlamadığı için Gül'e bakar, Gül:
— Sizinkiler kaza yapmaktan korkmuyor diyor.
Kemal gülümseyerek.
— Öyledir. Biz daha attan yeni inip arabaya bindik. Arabadan bir zarar gelmez sanıyoruz.
Bir nevi binek hayvanı gibi.

* Sizinkiler kaza yapmaktan hiç korkmuyor.

Şoför Kenan'ın deliliği babasından yadigâr. Ona da herhalde dedesinden miras kalmıştır.

Dede oğluna Timur adını koyuyor. Bu yörede pek duyulmuş, alışılmış bir isim değil. O yıllarda kasabada bu isimde bir öğretmen varmış, İzmirli. Dede çok severmiş öğretmeni, tutmuş oğluna onun adını vermiş.

Timur demeye dili dönmüyor vatandaşın. Önce Temur diye yamultmuşlar az biraz, gide gide Demir deyip çıkmışlar işin içinden.

Aile rençber. Pek varlıklı değil, işte ayran aşı, bulgur pilavı geçinip gidiyor. Bu Demir oğlan hani dedik ya, kime çekmişse çekmiş, deligöz, atak. Kendi akranlarını bir yana koyun, kendinden büyük yapılı oğlanlara çatar, ağzı-burnu kırılsa da dediğinden dönmez, gece mezarlıkta dolaşır, ele-avuca sığmaz biri.
Anası bundan o kadar bezmiş ki; dalgınlığına gelip ayaküstü bir komşuya uğrasa, ya kümesten yumurta çalar, ya ocağa bacasından kül döker,

ya komşunun bahçesine dalar, ya ergen kızların başından yazmasını kapıp kaçar, olmadık muzırlıklar eder diye; sofanın ortasındaki koca direğe bağlar öyle gidermiş.

Çocukluktan çıkıp ergenliğe geçinceye kadar umum köy ahalisine kök söktürmüş yani.

Sonra on dört on beş yaşlarında birden duruluvermiş. Sessiz sakin, yüzüne baksan aniden kızaran bir utangaç delikanlı olmuş.

Köylü de şaşırmış bu değişikliğe. Anasına rastlayan "Be kadın, madem bir muska yazdırıp boynuna asacak idin, vaktinde yapsaydın şu işi ya. Kırılan küpleri, yolunan tavukları, daldaki meyveyi, raftaki şekeri kurtarırdık" diyorlarmış.

Anası "Yok anam yok. Ne muskası. Buna muska falan kâr etmez idi. Ben de anlamadım, şeytan aldatmaya başlayınca kendiliğinden uslandı herhal" diye karşılık veriyormuş.

Taşranın içine kapanık dünyasından dışarıya açılan tek pencere askerlik. Askerlik, köyünden çıkmamış gençlere dünyanın kaç bucak olduğunu gösterir. En büyük tecrübe odur. Yaban ellerde, yaban çocuklarla gerçek bir disiplin altında pişer delikanlılar. Görmedikleri yerleri görür, duymadıkları şeyleri duyar, bilmedikleri bilgileri öğrenirler. Askere gidip gelenin gözü açılır, ufku genişler. Askerliğini yapmış olmak bir olgunluk belirtisidir.

Bugün dahi bu böyledir.

Çoğu yerde askerliğini yapmamış delikanlıya kız vermezler.

Demir oğlan da diğer yaştaşları gibi bu tecrübeyi yaşadı. Unutulmaz arkadaşlar edindi ki, kardaştan ileri.
Lakin yaramaz adamlara yanaşmış idi.
Bunlardan biri Adapazarı civarındandı.
Ayıngacılık edermiş.
Ayıngacılık, bildiğin tütün kaçakçılığı.
Eh, ucunda her tür tehlike, meşakkat, hatta hapis var ama, iyi para getiriyor.
Demir oğlanı işlemiş de işlemiş.
Öyle ki oğlan tezkereyi aldıktan sonra, memlekete falan gitmeyi bir yana koyup; "Hadi arkadaş, bir ayak önce şu işe soyunup yükü tutalım" diye asılmaya başlamış.

Bunlar atı, silahı; takımı taklavatı dizip o liman senin, bu köy benim tütün işine koyulmuşlar.
Gecesi-gündüzü, uykusu-durağı, yatağı-mekânı olmayan bir iş. Her an her yerde tetik duracaksın.
Bu kadar gerginliği, bunca yorgunluğu ne giderir.
Elbette ki içki ile hovardalık. Parayı desteyle cebe indirdikçe oturak âlemlerine dadanmışlar. Memleketin her köşesinde gece yarısından sonra evlerine inecekleri bir kırık avrat, bir dost edinmişler.

Demir oğlan kasabaya gelmemiş bir zaman, lakin

kendi gelmemişse de şöhreti kuş olup kasaba meydanına konuvermiş. Hakkında neredeyse destanlar düzülecek.
Şöyle vurmuş, şöyle kaçmış, bilmem nerede jandarma bunları kıstırınca çemberi nasıl yarıp çıkmış; anlatılanlara bakılırsa Demir oğlan Çakırcalı Efe'den bile ileri geçmiş.
Bir iki kere hapse girip çıktığı dahi söyleniyor.

Bu menakıp dilden dile anlatıladursun; Demir oğlan günün birinde yarısı zor, yarısı gönül ile bir kız kaçırıyor.
Kız Çerkez, ailesi kalabalık, peşine düşüyorlar.
Demir oğlan ile Çerkez kızı bu sebeple epeyce bir zaman o kasaba senin, bu mezra benim gurbet geziyor. Demir alışkın böyle seyyar hayata, lakin kız dayanamıyor: "Ya beni bırak gideyim, ya bir yerde mekân tut, evimin hanımı olup oturayım; beni tütün balyası gibi bir o yana, bir bu yana götürüp-getirme, artık dayanasım kalmadı" deyince, Demir oğlan "Peki" demiş, zaten takipçileri de bezmiş, işin ucunu bırakmış olduklarından bunu alıp memlekete getirmiş.

Artık ıslah-ı nefs ettim, ayıngaya tövbe, evimde oturup çiftim-çubuğumla geçineceğim diye jandarmaya dahi teminat verip, gerçekten bir zaman uslu uslu oturmuş.

İşte Kenan'ın doğumu bu sakin zamana denk geliyor.

Ne denilmiş: "Huylu huyundan vazgeçmez" denilmiş.
Demir'e yaramaz arkadaşları haber üzerine haber salıyor: "Yüklü bir iş var, tez atla gel."
Demir bir sabrediyor, iki sabrediyor, üçüncüsünde mavzeri kaptığı gibi kır atına atlıyor.
Bir gece yarısı Kenan'ı Çerkez kızına emanet bırakıp, her ikisini de öpüp kokladıktan sonra kayıplara karışıyor.

Gidiş o gidiş.
Çerkez kızı için zor günler yeniden başlıyor. Ama bir teselli var bu defa. Oğlu Kenan'a sarılıp yatıyor.

Yatıyor da uyuyor mu sanki. Şair ne demiş:

Şeb-i yeldâyı müneccimle muvakkit ne bilir
Müptelâ-yı gama sor kim geceler kaç saat.

Demir ayda yılda bir olsa da bazı geceler uğruyor eve. Eşini, oğlunu yokluyor, kalbim sizinle diyor, para bırakıp savuşuyor.

Çerkez kızı biliyor ki bu hayatın sonu yok. Bu sebeple günü-gecesi kötü haberi beklemekle geçiyor.

Üstüne üstlük Demir'in ailesinden de bir yakınlık göremiyor.
Eh, kızgın demiri kim tutar. Herkes uzak duruyor. Lakin Çerkez kızı dişlidir bu hususta, eh ele güne de muhtaç değil, kimseye boyun eğip etek öpmüyor.
Mukadder âkıbet şudur:
Kâh Giresun'dan, kâh Bitlis'ten haberi gelen Demir Ağa karlı bir kış gününde Zara-İmranlı yoluyla Kızıldağ'ı aşıp Alakilise'ye indiğinde pusuya düşüyor. İki arkadaşı, yüklü hayvanları ile müsademeye girişiyor. Söylentilere göre gece yarısı başlayan çatışma sabaha kadar devam ediyor.

Gün var mıdır ki akşam olmadık.
Demir'i vuruyorlar.
Cenazesi üç gün bekliyor ama, kim gidecek, kim alacak.
Oralarda bir köyün mezarlığına gömüyorlar.
Haberi bir hafta sonra ulaşıyor.

Kenan işte beş altı yaşlarında var-yok.
Çerkez kızı dul kalıyor.
Dul kadının düşmanı çok olur, hele ki arkası güçlü değil ise.
Gerek namus cihetinden, gerek mal.
Eh bunda para olduğu öteden beri söylenegelmiş; güzelliği ise dillere destan.
Elde kırık adam mı yok; kimin ne olduğu yumurta deliğe geldiği zaman belli olur.
Laf atan, işmar eden, gizlice haber gönderen, araya bohçacı kadınları koyan, hatta tehdit edip, "Ya benimsin ya toprağın" diyen çok.

Çok ama Çerkez kızında yürek mangal gibi.
Demir Ağa'nın iri Nagant tabancası belinde dolaşıyor, yastığın altına koyup yatıyor.
Hele biri kapıya dayanıversin.

Ve olmuş da nitekim.
Ama lüver patırtısına yakalanınca soluğu kasaba dışında anca alabilmişler. Böylece Çerkez kızının şöhreti yayılıvermiş: "Aman ha! Yanılıp da yaklaşmayın, hapı yutarsınız" diye. Hovardayım

diye geçinenler bırakın laf atmayı, kapısının önünden bile geçemez olmuşlar.

Vaziyet böyle.

Ayıngacı Demir, Avcı Bilal'in babası ile çok sevişirmiş. Bilal'in ailesi bey soyu, zengin; daha önce söylemiştik. Ancak eşi ile arası açık. Galiba bunu istemediği bir kız-la evermişler. Kız tarafı da varlıklı ya, hani servete servet katılsın diye.
O zamanlar büyük sözü dinlenirdi. Adam başını önüne eğip kaderine razı olmuş. Lakin bedbaht bir ömür işte. Çekilecek dert değil, karıda surat bir karış, evde gergin bir hava, hep kavga, hep döğüş. O da kendini içkiye vermiş; güya bir teselli bulacak.
Demir Ağa'nın ayıngaya çıkmadığı seneler. Bunlar âlemci olduğu için derekap can ciğer olmuşlar. Ayrıca bey dediğin adamın yanında daim bir silahşör olacak. Hani büyük kapının düşmanı büyük olur kabilinden.
Sadece bu sebeple değil; adam dertli, içip içip içini dökecek samimi arkadaş arıyor, başını omzuna dayayıp ağlayacağı biri. Demir Ağa ise genç ömründe çok yol görmüş, çok adam tanımış, dertten anlar, halden bilir; herifi teselli ediyor, sarhoşluğunda kol-kanat geriyor vesaire.

Babaları böyle gece gündüz birlikte olunca Kenan

ile Bilal de arkadaşlığı ilerletmiş.
Birlikte cüzlerini boyunlarına asıp mahalle mescidine hocaya gitmişler; birlikte ilk mektebe başlamışlar, birlikte topaç çevirip kuş avlamışlar. Daha çok da Bilal'in evinde oturup kalkmışlar.
Eh ne de olsa bey evi.

Demir Ağa vurulup ölünce, Bilal'in babası Kenan'a daha bir yakınlık gösteriyor. Oğlanı kendi değirmenlerinden birine yerleştiriyor, değirmencilik de bir meslek elbette.
Kenan'ın askere gidinceye kadarki işi bu.
Değirmenci deyince eli-yüzü unlu, boynu eğri, kenarda duran bir sünepe zavallı anlamayın sakın. Oğlan daha boynunda Elifba hocaya giderken, ardından ilk mektep sıralarında otururken ne mal olduğunu tüm kasaba ahalisine göstermiş imiş.
Ne de olsa babasının, hatta anasının oğlu işte. Cinstir çeker, boktur kokar.

Ateş gibi bir velet; bağlasan durmaz, düz duvara tırmanır. Gözü pek, dili sivri, vurduğunu deviriyor.

Bilal ise o yıllarda çelimsiz, çürük.
Kenan bunu himayesine almış, kimse korkudan yan bakamıyor. Bunlar ayrılmaz bir ikili olarak günlerini geçiriyor, yaz geceleri değirmenin damında yatarak yıldız sayıyorlar.

Çocukluk demleri ceviz taşlayarak, kuş avlayarak, yıldız sayarak geçer belki ama; fidana su yürüyünce hikmet-i Hüda ağaç yaprak açar, çiçekle donanır.

Kenan dahi ergenliğin eşiğinde Bilal'in kız kardeşi Zeliha'ya tutuluyor.
En yakın arkadaşının kızkardeşine göz koymak ne demek?
Olacak iş mi yani.
Kasabada kız mı kalmamış?
Ne yapacaksın, gönül kuşu diye bir kuş cinsi var; hangi dala konacağını bilemezsin ki.

Kenan bu sebeple bir zaman sükût gezmiş. Oğlanın ağzını bıçak açmıyor, dalıp dalıp gidiyor, bazen eli iş tutmuyor, bazen sabahlara kadar çılgın gibi çalışıyor. En büyük korkusu aşkını belli etmek; belli edip dile düşmek.
Ne güreş
Ne güvercin
Ne av
Ne düğün-dernek
Ne horoz dövüşü
Hiçbiri kâr etmiyor, oğlan âdeta bir canlı cenazeye dönmüş durumda.

Tabii Bilal'in gözünden kaçmıyor bu durum; çünkü onların evinden dahi ayağını kesmiş; değirmende yatıp kalkıyor.
Bilal arada bir:
— Oğlum nedir derdin, söyle karlı dağdan kar getireyim, diye yükleniyorsa da nafile.
Nasıl desin derdini?
"Yok bir şey" diye her seferinde meseleyi kapatıyor.
Kapatıyor ama dışa karşı. İçini alev almış, cayır

cayır yanıyor.
Değirmen taşları arasına düşmüş bir buğday tanesi gibi eziliyor, dumanı tepesinden çıkıyor, un-ufak oluyor.

Her gün, her gün, her gün.
Her gece, her gece, her gece.

Her kişinin bir patlama noktası, her mizacın bir haddi var.

Kenan ne de olsa babasının, hatta anasının oğlu.
Bir gün değirmende böyle dönen taşa bakar iken, pervaneye düşen suyun sesini dinler iken, kırılıp ezilen buğday tanelerinden yayılan yanık kokuyu duyar iken, hasılı ince fikre tepeden tırnağa batıp kalmış iken silkinip aniden bir nara patlatır:

— Yeter ulan yeter, inceldiği yerden kopsun.

Sonra yolu yordamı unutmayıp Zeliha'nın arkadaşlarından sır saklamasını bilen, nazının geçtiği bir kızı araya koyarak haber göndermiş.
Zeliha cevaben ne dese beğenirsiniz?
İşte cevap:
— Kala kala dul karının oğlu, yüzü unlu bir değirmenciye mi kaldım?

Kenan gibi bir yiğide yapılır mı bu?
Yapılmaz demeyin.

Yapılır ki, hem de nasıl...
Lafını ettiğimiz iş ne masaldır, ne rüya.
Ne de ipi hikâyecinin elinde olan bir uçurtma.
Bu hayat dediğimiz muammadır.
Muamma falan deyip de işi zora koşmayalım. Hayatın da akıl sahipleri için ayan beyan olan tarafları var.
Bakınız nasıl?
Bilal'in vakti zamanında kasabayı terk edip şehir yerlerine yerleşmiş, oralarda yükü tutmuş olan amcazadelerinden biri tam bu sırada çıkıp gelmiş.

Adamın bir oğlu var evlenecek.
Akrabadan bir kız arıyor.
Oğlan Hukuk Mektebi'nde okuyor. Artık hakim mi olur, avukat mı çıkar, keyfi bilir.
O yıllar için, yani okumuşun gayet kıt, bir ufak devlet memurunun yerine göre padişah sayıldığı demlerde böyle bir kısmete ne denir?
Kaymaklı ekmek kadayıfı denir.

Kız "He" derse kasabadan ayrılıp şehir yerlerinde oturacak ya; yalancıktan yaş döküp hem ağlarım hem giderim ayağına yatıvermiş.

Kenan da böylece kan damlayan kalbini avuçlayıp değirmenin en karanlık köşesine çöküvermiş.

İşte Kenan'ın iyi kötü dengede duran aklını oynatıp, suskunluğunu kökünden söken, vara-yoğa bağırtan, burnunun dikine giderek sağa-sola çatmasına sebep olan, neticede adını "deli"ye çıkaran mesele budur.

Zeliha'nın düğününü görmeyeyim, davul sesini duymayayım diye "Değirmene taş lazımdır, hele ben çıkıp civar köyleri bir dolaşayım, bakalım iyi bir taş bulur muyuz" gibi bir bahane uydurarak üç günlük yola gitmesi de bu yüzden.

Zaten dönüp geldiğinde ilk işi değirmeni bırakmak oluyor.
Avcı Bilal'in canına minnet. Bunlar atlarına binip o dağ senin, bu dağ benim geyik peşinde aylarca dolanıyorlar.

Kenan'ın gıkı çıkmıyor, Bilal de üzerine düşmüyor; tâ ki askerlik gelip çatana kadar.
Askere birlikte gidiyorlar; birine Kütahya, ötekine Çanakkale isabet ediyor.

Geçen zaman içinde Kenan'ın yaralı kalbi kabuk bağlıyor. Evliliği silip atıyor kafasından. Ne anasının yalvarmaları; ne arkadaşlarının, komşuların asılmaları para etmiyor.
Zeliha ağzından bir laf kaçırmadığı gibi, Kenan'ın araya koyduğu kız da, aferin yani ser verip sır vermiyor.

Kenan'ın içine gömülen bu kor parçası orada ağır ağır sönerek bir avuç kül bırakıyor geride.
Kenan "Madem sevdiğimi alamadım, bundan geri bana evlenmek haram" diye, sanki kılıç atlayıp yemin ediyor.
Kapatıyor kapılarını.
Bilal ile birlikte askerden dönerken getirdikleri Mavi Kuş'a veriyor meylini.
Bir süre sonra da zaten ne kapı kalıyor, ne baca.
Yine de Kenan her bahar çiçeklenmiş bir badem ağacı gördüğünde, yolda iken aynı dala tünemiş iki üveyiğe rastladığında, bazen arabayı durdurup, yolcuların homurdanarak "Yine ne gördü de durdu bu deli" demelerine aldırmayarak bunlara bir süre dalıp gider.
Kalbindeki o bir avuç küle üfürür.
Ne bir ışık belirir, ne bir kıvılcım çakar.
Havaya savrulan küller ağır ağır yere iner, yine öyle yığılıp kalır.

Hani bazı dinlerde ölülerin cesetlerini yakıyorlar, küllerini saklıyorlar.
Onun gibi bir şey.

Otobüs bir tepeyi aşınca nihayet aşağılarda istasyonun ölgün ışıkları göründü.

Yolcular ferahladı, Beşir Ağa'nın kaçan keyfi dönüp geri geldi. Yeniden saatine baktıktan sonra Kenan'a:

— Tiren on bir buçukta gelecekti, saat olmuş on iki, acaba geçip gitti mi?

Kenan o tasasız tavrı ile:

— Yahu Beşir Ağa, sana anlatamadım gitti. Bunca yıldır şu yoldayım; Mavi Kuş bir kere olsun tireni kaçırmadı, inan bana.

— Peki nasıl oluyor, saat on iki.

— Olsun. Ben bir saat tehir yaparsam tiren iki buçuk, üç saat yapar. Alıştık buna, tasalanma.

— Tasalanma diyorsun, kolay mı? Ya geçip gitti ise, ağır misafirimiz var.

— Sen kalbini ferah tut. Tiren gelmiş olsa istasyonda bir kıpırtı olur, gelen giden olur.

Bak... Hiç karaltı var mı?

Şef bile uyukluyordur şimdi.

Bekleyişin uzaması diğer yolcuları da sessizliğe bürümüş iken, istasyonun görünmesiyle birlikte onlarda da bir kıpırtı, bir sevinç görülür.
Neşe:
— Oh be!.. Nihayet kâbus sona erdi. Bir ara bu yol hiç bitmeyecek sandım. Dağ başında kalacağız diye bayağı korkmuştum.

Murat dargın gözler ve kırık bir sesle:
— Aşkolsun Neşe!.. Gidiyorsun, beni burada bir başıma bırakıyorsun, ve bu kadar neşelisin.
Neşe umursamaz; hatta iğrenç bir espri yapar:
— Neşeliyim. Çünkü adım Neşe!..

Doktor mahmur gözleri, kızarık suratı ile Murat'a döner:

— Bakakalırım giden geminin ardından.
Atamam kendimi denize dünya güzel
Serde erkeklik var, ağlayamam...

Murat bayağı bozulmuştur:
— Ee... Doktor Bey! Nedir bu şimdi. Neşe Hanım'ın esprisini mi tamamladınız.
Doktor kendi havasında.
— Yoo... Ezberimde olan tek şiir, çünkü topu topu üç mısra.
Sonra kıs kıs güler.

Mavi Kuş tepeden aşağı virajları döne döne istas-

yona doğru inmektedir.
İstasyon bir küçük bina. Bir yanında makasçı evi, öte yanda su deposu. Tiren burada durur ve su alır. Bu sebeple inen-binen olur. Etrafta bir yerleşim yok. Manevra hattına çekilmiş; kim bilir ne zamandan beri orada bekleyen birkaç paslı kara vagon. Binanın arkasında istasyon şefinin küçük bahçesi, bir tavuk kümesi. Akasya ağaçları, travers yığınları, bir köşede yakın köylerden birinde çıkan ve vaktiyle işletilen krom madeninden taşınıp getirilmiş, lakin maden kapanınca orada öylece bir tepecik olarak kalmış maden yığıntısı.

Elizabeth ile John'un da yüzü aydınlanmıştır. Kadın kocasına fısıltıyla:
— I think we arrived.*
— Yes honey. There we arrived.**

İstasyon binasının sağ yanında otobüsün manevra yapacağı kadar geniş ve düz bir alan; onun ötesinde direkleri demir, üzeri sac çatıyla kaplı, etrafı açık bir ambar var.
Buraya mevsimine göre buğday, saman, kömür, davar, nakledilmesi geciken mallar yağılır.
Ama bu sıralar boş.

* Geldik galiba.
** Evet sevgilim, geldik işte.

Otobüs gelir, bir geniş kavis çizerek burnunu ambara doğru döndürüp durur.
Daha toz duman dağılmadan, motor stop etmeden o âna kadar varlıkları belli olmayan elleri silahlı polis ve jandarmalar; her biri bir köşeden çıkarak Mavi Kuş'u çember içine alırlar.

Yolcular bu muhataralı yolculuğun sağ-selamet sona ermesine tam sevinecek iken, yeni bir endişenin kucağına düşerler.
Ne oluyor?
Nedir bu polis ve jandarma?
Polisleri gören Kenan işi yine şakaya vurur.
— Cümleten geçmiş olsun arkadaşlar.
Yol bitti ama iş bitmedi galiba.
Baksanıza bizi karşılamaya gelmişler.
Ağa şaşkın:
— Nedir yahu, ne oluyor? Bir vukuat mı var?
Kâhya:
— Mahkûmu almaya geldiler herhal.
— Densizleşme... Bir mahkûmu almaya bu kadar adam gelir mi?

John bitkin bir yüz ifadesiyle karısının kulağına eğilir.
— We're in the soup. They've come to take us.*
Elizabeth daha metindir:
— No, I don't think so. This is something else. Just be quiet.**

Kemal nedense atak davranarak bütün yolcuların önüne geçmiş, otobüsten ilk o inmiştir.
Diğerleri de onu takip eder.

Kemal otobüsten inince doğruca komiser ile jandarma komutanının yanına gitmiş, onlarla konuşmaya başlamıştır.
Kenan ile Seyfi de az sonra onların yanına gelir.
Kenan:
— Hayırdır komutan, bir mevzu mu var?
— Bir ihbar aldık da... Eşyaları kontrol edeceğiz.
Kenan:
— Ha!.. Olur!.. İndiririz şimdi.

Otobüsten inen yolcular yüzleri polislere dönük tek sıra halinde sessizce dikilmektedir. Hepsinin yüzünde yorgunluk, sıkıntı ve endişe.
İçlerinden biri endişeden öte korku içinde kıvranmakta, boncuk boncuk terlemektedir.
Bu yolcu, elindeki valiziyle Kuyumcu Nazım Efendi'dir.

* Hapı yuttuk. Bizi almaya geldiler.
** Hayır, sanmıyorum. Başka bir şey bu. Sen sesini çıkarma.

Komiser arama emri vermek üzere yolculara doğru ilk adımını attığı sırada beklenmedik bir şey olur.
Nazım Efendi hırıltılı bir bağırış, topal bir koşu ile kendini öne atar, düşe kalka komisere doğru gider.
— Ateş etmeyin... Ateş etmeyin...
Ben öldürdüm. Ben...

Herkeste bir şaşkınlık, herkes birbirinin yüzüne bakmakta. Kuyumcu koşuyu tamamlayamamış, tökezleyip yere kapaklanmış, kendi bir yana, valiz bir yana yuvarlanmış, sonra dizleri üzerine doğrulmuş, ağzından köpükler saçarak yalvarmaktadır:

— Lütfen ateş etmeyin. Ortağımı öldürdüm. Ben öldürdüm. Ben... Ben...

Sonra yüzünü elleriyle kapatarak hıçkırıklara boğulur.
Komser ilk şaşkınlığı atlattıktan sonra Kemal'e döner:
— İşe bak! Nerden çıktı bu?
Kemal:
— Valla ben de bilmiyorum.
Jandarma komutanı:
— Neye niyet, neye kısmet...

Doktor kendi kendine:

— Zavallı Nazım Efendi. Sessiz, içine kapalı bir adamdı oysa, karıncayı incitmez.

Neşe korkudan irileşen gözleriyle kocasına sarılmıştır. Murat:

— Vay be! Adam cinayet işlemiş.

Polisler kuyumcunun kollarına girerek yerden kaldırır, biri valizini alır, ambarın karanlığına parkettikleri jipe doğru götürürler. Bu itiraf ve kriz Nazım Efendi'yi o kadar bitkin hâle getirmiştir ki, adımlarını zor atmakta, polislerin yardımıyla âdeta sürüklenmektedir.

Sıra eşyaların kontrolüne gelmiştir.

Jandarmalar bagaja çıkıp sepetleri, sandıkları, çuvalları birer birer indirip meydana yığar.

Yolcular işin ucu nereye varacak diye merakla bekleşmektedir.

Bir ara Gül ile Kemal yan yana gelir. Gül alçak sesle:

— Demek polis idiniz, bravo size...

— Ne yapalım, görev işte...

— Peki, neyin peşindesiniz?

— Sizin Amerikalıları izliyordum.

— Ya!.. Niçin ama?

— Tarihi eser kaçırıyorlar.

— Vay canına, hiç beklemezdim. N'olacak şimdi.

— Üzülmeyin, olur böyle şeyler.

Sırayla gözden geçirilen eşyalar bir yana yığılır.

Jandarmalar sepetleri, sandıkları açmakta; iki polis el feneri tutmaktadır.
Sıra Erol'un bulunduğu sandığa gelir.
Elizabeth ile John artık titremektedir.
Öyle ki, sandık açılırken Elizabeth başını kocasının omuzuna yaslar, manzarayı görmek istemez.

Sandığın ağzından bir iki kapak zaten açılmıştır.
Ötekileri de jandarmalar kaldırır.
Herkes içeride ne var acaba diye merakla beklerken otların, pamukların arasından bir çocuk başı, uykulu bir yüz ile doğrulur; Erol'dur bu. Sersemce seslenir:

— Ne oldu? Geldik mi?

Seyfi bir kahkaha atarak Erol'un başını okşar.
— Vay muavin... Ne bu hal... Uyumuşsun lan...
Meydanda bulunanların hepsinden irili ufaklı hayret nidaları, yarım cümleler yükselir.

— Aa... Kim bu çocuk?
— Ne işi var sandıkta?
— Kaçak binmiş kerata.
— Biz de ne çıkacak acaba diye merak etmiştik. Sürpriz valla!..
John elini terli alnından geçirerek çaktırmadan haç işareti yapar. Elizabeth de doğrulmuş, bu inanılmaz manzaraya bakmaktadır.

John:
— We made it! We just made it! It's a miracle.*

Neden sonra Komiser Kemal'e döner; yarı alaylı bir sesle:
— Eee Kemal Bey! N'olacak şimdi? Tarihi eser dediğin bu çocuk mu?

Kemal afallamış, kendini dağıtmıştır.
Kekeler:
— Valla kom.. Komserim... Ne diyeceğimi bilemiyorum. Bu çocuk hiç hesapta yoktu.

Erol yol yorgunluğu, açlık, şaşkınlık, uyuşukluk içinde bir türlü kendini toparlayamamış; yüzünde gözünde pamuk parçaları öylece durmakta, aptal bir gülümsemeyle kendini seyredenlere bakmaktadır.

Tam bu sırada yüksek bir ses "STOP" diye bağırır.

Işıklar yanar.

Meydandaki sahnenin bir filim seti olduğu anlaşılır.

* Kurtulduk! Bu bir mucize!

Set işçileri ne yapacaklarını gayet iyi bilmenin verdiği alışkanlıkla bir o yana, bir bu yana gidip gelmekte; yere döşenen şaryo toplanmakta, bir görevli artık alçak taburelere tünemiş, bulunduğu yere çömelmiş grup grup oturan oyunculara çay dağıtmaktadır.

Bir köşede mahkûmu oynayan genç elindeki kelepçeyi çıkarmış, kasketini atmış, paslı vagona yaslanmış çayını içmekte, Gül rolünü oynayan kızla konuşmaktadır.
Doktoru oynayan yaşlı oyuncu grupları dolaşarak:
— Yahu içkisi olan var mı? Bende kalmadı diye aranmakta; ötekiler ardısıra onu çekiştirmektedir.
— Ulan zaten sarhoşu oynuyorsun, rolün bu. Bari arada biraz ayık kalıver.
— Olur mu abi; adam karakter oynuyor, sürekli hazır olmalı.
— Basarım onun karakterine, âhı gitmiş vahı kalmış, ulan on tekrarda bitmiyor sahne, mahvetti bizi.
— Al benden de o kadar. Tükendik bu dağ başla-

rında. Doğru dürüst bir kenef bile yok.
— Valla abicim ben dersimi aldım. Bi daha milyon verseler böyle merkezden uzakta işe çıkmam.
— Hıh... Çıkma da geber.
Millet iş iş diye inliyor be! Sen şu kıytırık rolü bırak, kuyrukta yüz kişi bekliyor!
— Uzatmayın abiler, az kaldı, hatta bitti bile.
Bir iki sahne sonra yolcuyuz.
— Sen öyle san.
Az ilerde asistanlarıyla söyleşen, oraya kendi oynayacağı bir sahnenin setini kurduran yönetmeni işaret ederek.
— Hoca şimdi kendisi çıkacak sahneye. Gör bak en az yirmi tekrar. Sabaha kadar uyku yok yani.
— Valla ben şu vagona girer bir köşeye kıvrılırım, hoca falan takmıyorum.

Gerçekten de bir süre sonra yönetmenin bizzat görüneceği, konuşacağı sahne hazır olur.
Burada yönetmen bir karmaşa yaşayan filim setindeki koltuğundan –hani o ardında yönetmen yazan portatif sandalyeden– kalkarak kameraya doğru yürüyecek, bel planında kalıp orada seyircilere doğru sinemayla ilgili görüşlerini aktaracaktır.

Her şey tamam olunca yönetmen sırtı dönük olarak oturduğu koltuktan kalkar, bir elinde piposu, gözünde zincirli gözlükleri, keçe yeleği ve fula-

rıyla ağır ve düşünceli yaklaşır, bir yerde durur, sanki bir sır veriyormuş gibi yüzünde esrarengiz bir gülümseme ile konuşmaya başlar:
— Sinema nedir?
Çokları buna bir ayna diye cevap verebilir.
İnsanların yüzüne ve yaşadıkları hayata tutulan bir ayna.
Orada kendimizi, öteki insanları ve yaşadığımız dünyayı görürüz.
Elbette insanın böyle uzakta durup kendine, ötekine ve yaşanan hayata bakması enteresandır.

Ama sinema acaba sadece bir ayna mıdır?

Perdede gerçekten kendimizi ve yaşadığımız hayatı görebilir miyiz?

Belki de orada sadece görmek istediklerimizi, olmak istediklerimizi, özlem ve ihtiraslarımızı bulabiliriz.

İşte bu umutsuz bir çabadır.
Biz elbette biliriz ki aynada oluşan görüntüyü sağlayan şey aynanın arkasını kaplayan sırdır.

O sır bütün insanı ve hayatın her yanını kuşatmıştır.
Yönetmen kamera arkasına geçmekle, belki de aynanın arkasına geçmiş gibidir. Yani camın sırrı olmuştur.

İşte büyük aldanış buradadır.
Yönetmenin yaptığı iş, yani en sonunda yapmaya mahkûm olduğu iş, hayatın hakikatını göstermek değil de, bu hakikatı taşıyan sırra, o bilinmezliğe işaret etmektir.
Bence sinema meçhule doğru atılmış bir adım olabilir. O kadar.

Sözünü bitiren yönetmen biraz daha bakar kameraya, gözlüklerini çıkarır, sonra piposundan bir nefes çeker, ağır ağır yeniden koltuğuna doğru döner ve yürür.
Yarı yolda:
— Tamam, kestik der.
Sonra rolden çıkıp asıl kişiliği ile görüntü yönetmeninin yanına doğru gider.
— Nasıl oldu?
— İyidir hocam...
— Yok ya! Bence bir daha alalım.
— Alalım hocam!..

Onlar orada bu sahnenin üzerinde konuşadursunlar; beri yandaki oyuncular çay ve sigara muhabbetini koyulaştırmışlardır. Mevzu haliyle bu sahneye de intikal eder.
— Adam kendini Fellini sanıyor.
Ne bu ya!.. Sinema şudur, sinema budur, falan. Bırak sen tantanayı, ona seyirci karar versin, değil mi ama.

— Fellini uymaz buna oğlum, Tarkovski diyeceksin. Hani metafizik falan, şşşttt...
Kıkırdamalar, gülüşmeler olur.
Otobüsü yol boyu takip eden, bazı yerlerde pusuya yatıp jandarmalar arasında elleri kelepçeli duran mahkûmu vurmak isteyen; ancak bu işi istasyona kadar ertelemek durumunda kalan o iki adam; vagonlar arasına sinmiş oradan mahkûmu gözetlemektedir.
Aralarında konuşurlar.

— Burası iyidir.
— Evet iyidir, adam tabak gibi.
— İkimiz birden ateş edelim.
— Olur, bir vuruşta gebertelim.

Vagonlardan birine dayanmış çay içmekte, bu arada Gül rolünü oynayan kızla konuşmakta olan genç adam neşelidir.
Hatta silahlar patladığında ve kurşunu göğsüne yediğinde kahkahayla gülmektedir.

Ne olduğunu kendi de anlayamaz.
Kahkahasını kesip gömleğinde büyüyen kan lekesine bakar.
Çay bardağı elinden düşmüş, kırılmış, kırıklar etrafa dağılmıştır.
Gül rolünü oynayan kız bir çığlık atarak, düşmekte olan genci yakalamak için doğrulur.

Artık bütün ekip bir kaosun içine yuvarlanmıştır. Kimse ne yaptığını, ne yapacağını bilemez; oradan oraya gidip gelen insanlar, bir koşturmaca, bağırtılar; bütün bu gürültünün arasından iki atlının uzaklaşıp giden nal sesleri.
Yönetmen kendi sahnesinin üçüncü tekrarını çekmektedir.
İşte bildiğiniz teorik metin. Sinema şudur, budur derken, araya giren kurşun sesleri.
Kanlar içinde yere yığılan genç oyuncu.
Çığlık atan kız.

Yönetmen rolünden, kendinden, filimdeki şahsiyetinden ne kadar ayrılabiliyorsa o kadar ayrılarak; o sırada dehşet içinde kendisine doğru koşarak korku ile sarılan asistan kızı kucaklar.
Omzunun üzerinden vurulmuş ve yere düşmüş, bir eli hâlâ plastik çay tabağını tutan delikanlıya bakar, bir mücrim gibi mırıldanır:

— Ne yaptık biz?